文春文庫

牛天神

損料屋喜八郎始末控え

山本一力

文藝春秋

目次

牛天神

損料屋喜八郎始末控え

初出　オール讀物　二〇一二年五月号～二〇一七年八月号
単行本　二〇一八年一月　文藝春秋刊

うしお汁

一

寛政五（一七九三）年一月二十三日。

夜明けから気持ちよく晴れたこの日が、今年の啓蟄《けいちつ》だった。

「まことに暦は律儀なもんですなあ」

「あたしも今朝は、それを言いたかった」

朝日を顔に浴びた年配者ふたりが、互いの言葉にうなずきあった。

啓蟄を待っていたかのように、深川はどこも暖かみに富んだ夜明けを迎えていた。

大横川に架かる蓬萊《ほうらい》橋の北詰めには、門前仲町の表通りに店を構える商家や、永代橋周辺の大店が競い合って寮（隠居所）を構えていた。

大横川の両岸には享保十（一七二五）年に、当時の八代将軍吉宗の命で桜の苗木が植樹された。

六十八年が過ぎたいまでは、桜も川面に枝を垂らすほどに育っていた。

大横川北岸には、石垣組の河岸に沿って空き地が連なっていた。もとは火除《ひよ》け地だったが、対岸に二千坪の新たな火除け地を公儀は用意した。

寛政二年十月、新たな火除け地が仕上がると同時に、大横川北岸の土地を公儀は売りに出した。

富岡八幡宮の表参道までわずか三町しか離れていないのに海と川の両方が見え、陽当たりも抜群の地である。ここに隠居所を建てるのは、仲町などの商家の見栄だった。

今朝は啓蟄にふさわしい暖かな朝だが、桜にはまだまだ早い。太さもある枝に、つぼみはまだだった。

「ところで、あの話を聞いたかね」

乾物問屋大木屋《おおきや》の隠居が、大横川対岸の小島屋《こじまや》を指差した。

蓬萊橋の南詰めに店を構えた質屋で、喜八郎《きはちろう》が営む損料屋とは通りを挟んで向かい合わせである。

聞いたかと問われた木島屋《きじまや》の隠居は、わずかにうなずいた。

木島屋は佐賀町河岸の廻漕問屋である。身代の大きさは木島屋のほうが何倍もあったが、互いに隠居の身で、しかも同い年だ。

ふたりは互角の口をきいていた。

「ゆうべも与一朗《よいちろう》は、大引《おおびけ》まで大和町にいたそうだ」

「例によって、島田楼にかね」

島田楼というのは富岡八幡宮裏手の色里、大和町にある遊郭のことだ。

「あんたも身に覚えがあるだろうが」

大木屋が一段と小声になった。

「わたしらの若い時分には、あの手の遊び上手は町内に何人もいた」

聞いている木島屋は、小さなうなずきで同意を示した。

「若いころの遊びは、稼業の種類にはかかわりなく、先々の佳《よ》き肥やしとなってくれることが多いものだが」

大木屋の隠居は、ここで顔を引き締めた。

「しかしあちらさんの質屋は、御上から鑑札を戴《いただ》くという稼業だ」

いまの調子を放置していたら、目に余るとご公儀から咎《とが》めを受けるのは必定だ。

「長いのれんを誇る小島屋さんとて、当代限りの御沙汰が下る恐れは充分にある」

隠居の口調は与一朗に好意的ながらも、先行きを大いに案じていた。

「まさにそこなんだ」

大木屋に近寄った木島屋は、声を潜めた。まだ赤い色味の濃い朝日が、木島屋の顔をまともに照らしている。

木島屋は目を細くして大木屋に話しかけた。

「御公儀は質屋の商いに、本気でくちばしを突っ込んでくる気らしい」

「あんたの言うことだ、その話に間違いはないだろう」

隠居しているとはいえ、木島屋は佐賀町河岸で図抜けた身代を誇る廻漕問屋だ。御上の動きを、常にいち早く摑《つか》んでいた。

「棄捐令《きえんれい》が発布されてから、早いものでもう五年だ」

「もう五年と言うにしては、蔵前方面から景気のいい話は、まだまだ聞こえてこないじゃないか」

木島屋が言いかけたら、途中で大木屋が口を挟んだ。

「だからこそ、御公儀は質屋の商いに本気で目を向け始めているという話を、あんたに聞かせているところじゃないか」

話をきちんと聞きなさいと、木島屋は大木屋をたしなめた。

棄捐令発布で激しく落ち込んだ江戸の景気も、ゆるやかながら回復に向かっていた。

とはいえ、まだまだ商人たちが業種ごとに設けている会所（株組合）が納める冥加金《みようがきん》は、公儀が求める水準までの回復には至っていなかった。

景気いまひとつが長らく続いており、庶民の暮らしも潤いには遠い。

そんななかで、不景気ゆえに商いが伸びているのが金貸しと質屋である。なかでも質屋は御府内のどの町内でも栄えていた。

金貸しは金利がまちまちで、うかつに借りると途方もない高利の払いを迫られる。

質屋の利息は、御府内のどこも同じである。しかも質草に見合ったカネしか借りられない。

たとえ質流れになっても質草を失うだけで、そのうえ利息払いを迫られることはなかった。

町の高利貸しに比べれば、質屋からは安心してカネを借りることができた。

寛政五年のいま、江戸には二千三百軒を超える質屋があった。

質屋を営むには本石町の質屋会所に届け出をし、開業の許しを得なければならない。

開業するには幾つも決め事がある。なかでも一番大事な決まりが、会所に毎月銀四分（一両相当）の会費を納めることだった。

会費納付と引き替えに、会所は質屋の看板を貸与した。この看板を掲げて、初めて官許された質屋と認められた。

会所に集まる月額二千三百両の会費の大半は、公儀への冥加金納付につながった。

一年で二万七千両に届く大金である。

世に冥加金を納付する会所はあまたあるが、質屋会所が納めるカネは図抜けた大金だった。

金蔵が底を突きそうになるたびに、公儀はふたつの施策を断行してきた。

御改鋳《かいちゅう》と冥加金増額である。

景気がいまだ回復途上でしかない今日、金貨銀貨の品位を落とす御改鋳断行は、さすがにはばかられた。

もしも御改鋳を強行すれば、たちまち諸色《しょしき》(物価)は高騰する。その結果、さらなる不景気を招いてしまうからだ。

もうひとつの手立て、冥加金増額を実施しようにも、軒並み商いが振るわないのが現状である。

増額を言われても会所は応じられなかった。

ただひとつ、質屋会所に限ってはこんな景気だからこそ伸び続けていた。

木島屋の隠居が口にした通りである。

まさに公儀は質屋会所に対して、さらなる冥加金を掴み取る手を突っ込もうと、鋭く尖った目を光らせていた。

「御公儀はさまざまな手を使って、冥加金どころか質屋そのものを絡め取ろうとしている節がある」

木島屋は顔を曇らせた。

「小島屋さんは、あの通りの実直で堅いおひとだ。息子の振舞いについてなど、恥ずかしくて他人に相談などできないだろう」

ひとこと、わたしらに話してくれれば、幾らでも知恵の貸しようもあるのだが……。

質屋当主の人柄を高く買っている、木島屋の隠居である。手を貸すことのできないもどかしさが込み上げて、深いため息をついた。

早起きのカモメ二羽が、白い翼を朝日のダイダイ色に染めて飛び去った。

二

小島屋の番頭松史郎《まつしろう》が向かいの損料屋に顔を出したのは、啓蟄の朝の五ツ半（午前九時）だった。

「小島屋の番頭さんが、用ありだてえんで土間で待ってやす」

つないできたのは魚の棒手振《ぼてふり》、勝次《かつじ》だった。

鮮魚の目利きに長けた勝次は、深川の全域に多くの得意先を抱え持っていた。

大店の勝手口も長屋の木戸も、自在に出入りできる勝次は喜八郎配下の内でも、聞き込み達人のひとりだった。

毎月の三日、十三日、二十三日は日本橋の魚河岸が休みだ。その日は五ツ半から正午まで、勝次が損料屋を手伝いにきていた。

「おれが出ましょう」

番頭に失礼にならぬよう、急ぎ嘉介《かすけ》が応対に出た。

仮の損料屋では番頭、本業では差配役の嘉介である。

「まことにご面倒とは存じますが……」

番台に顔を出した嘉介に、松史郎はていねいな口調で話しかけた。

「こちらのご当主がお手すきでございましたら、なにとぞてまえどもまでご足労いただけますように」

松史郎は番台の前で辞儀をした。が、どんな用向きかは、番頭格の嘉介に対しても明かさなかった。

「あるじの都合を確かめてみましょう」

損料屋には土間を上がった先に、大口商談のための八畳間が設けられていた。

「暫時《ざんじ》、上がってお待ちなせえ」

「てまえどもがお願いに上がったことですので、ここで待たせていただきます」

松史郎は土間から動こうとはしなかった。

嘉介は無理に勧めることはせず、喜八郎に番頭の言い分を伝えた。

「嘉介さんにも用向きを明かさないのは、よほどに深いわけがありそうだ」

ひとの目がないところでは、喜八郎は年長者の嘉介をさんづけで呼んだ。嘉介の目利きぶりを高く買っているからだ。

お向いさんの強い頼みでもあり、喜八郎は出向くことを承知した。

長着を紺色の千筋に着替えた喜八郎は、茶献上の帯に締め直した。足袋も濃紺の純金コハゼに履き替えて、履き物は尻金を打った雪駄を履いた。

嘉介を土間に向かわせてから、喜八郎は勝手口から外に出た。

わざわざ番頭が出向いてきたのだ。何用かは分からぬまでも、損料屋の土間ではなく、店の玄関先で顔を合わせるのが作法だった。

　喜八郎が店先に立っているのを見計らい、嘉介が松史郎を伴って外に出てきた。

「ご足労をいただきました」

　喜八郎のほうが先に辞儀をした。

「てまえのほうこそ、ご当主のご都合もうかがわずに勝手なお願いをいたしまして」

　松史郎は番頭とも思えないほどに、深々とあたまを下げた。

「行きましょう」

　右手で番頭に先を促した。

　嘉介に見送られながら、喜八郎は小島屋番頭のあとを歩いた。

　質屋の玄関はどの店でも通りには面しておらず、路地に構えられていた。人目を気にせずに客が入りやすいようにとの配慮からだ。

　小島屋の奥につながる玄関もまた、路地に設けられていた。

　格子戸を開けた松史郎は、喜八郎に先を譲った。

　喜八郎が奥の玄関に入ると驚いたことに、小島屋善三郎《ぜんざぶろう》が衝立の前で座して待っていた。

「まことにご面倒をおかけしました」

　立ち上がった善三郎は、大柄な男だった。

　塀で敷地が囲われているのは、損料屋も同じである。しかし通りを挟んで向かい合わせに建っていながら、損料屋と小島屋とは造りが大きく違っていた。

敷地内に蔵が三棟設けられており、さらに築山まで造園されていた。塀の外からでは分からない、堂々とした造りである。

善三郎が案内したのは、庭に面した十二畳の客間だった。表替えをしたばかりなのか、畳は青々としており、イグサが香りを放っていた。

庭を背にして座った善三郎は、茶菓が運ばれてくるまでは黙していた。

九谷《くたに》焼の湯呑みと漆黒の菓子皿が喜八郎に供されたのを見て、善三郎が口を開いた。

菓子皿には干菓子が載っていた。

「前置きを省く無礼をお許しください」

正座の膝に両手を置いた善三郎は、真っ直ぐに喜八郎の窪んだ目を見詰めていた。

「小島屋は手前で五代続いておりますが、次の代をぜひにも喜八郎さんに引き受けていただきたい」

善三郎は口を閉じたあとも、喜八郎を見詰め続けていた。

唐突に、途方もない話を切り出された。しかし喜八郎は静かな表情を保っていた。

「仔細がありそうですが、うかがえますか？」

「無論、そのつもりです」

善三郎の両手に力がこもっていた。

「てまえは金儲けだけで質屋を営んでいるわけではありません」

善三郎の正味な言い分に、喜八郎はわずかながらうなずきを示した。始まったばかりの話に喜八郎がうなずくのは、ないことだった。

「本来ならてまえのほうからお訪ねするのが筋ですが、こんな事情ゆえ、てまえどもの家作《かさく》を見ていただきたかったのです」

座した善三郎は低い声で小島屋の来し方を話し始めた。


代替りした時から善三郎は、先代に叩き込まれた厳格さで商いに臨んだ。

人付き合いでも質屋当主であるわきまえを忘れず、隔たりを保っていた。

質屋には奉行所から盗品の特徴を記した触書《ふれがき》が回ってくる。質入れにきた者が触書の品を持ち込んできたときは、直ちに奉公人を自身番小屋に走らせた。

質屋当主は「十手を持たない目明し」と称されていた。善三郎は酒席に臨んだときも、このわきまえを忘れなかった。

「小島屋さんほど堅い質屋ご当主は、江戸広しといえどもふたりといない」

「小島屋のご当主なら、なにをお願いしても安心だ」

小島屋は地元の商家当主から、篤い信頼を寄せられていた。

ただひとつの欠点が、息子与一朗の育て方を誤ったことである。

質屋は品物を預かるだけではない。質入れにきた者の人生を丸ごと預かるに等しい稼業だと、善三郎は先代から叩き込まれていた。

先代も善三郎も、子はひとり授かっただけである。先代は善三郎を五歳の正月から厳しくしつけた。

「うちは他人様《ひとさま》の大事な品物をお預かりする稼業だ。たとえご大家であろうが、不意に法外な金子が入り用になることもある」

貧富の違いでひとを判じてはならない、が父親の口ぐせだった。善三郎もその言い分を信じて育ったのだが……。

善三郎五歳の秋。近在の材木商が廻漕途中で嵐に遭遇し、全財産を一夜にして失ったことがあった。

「今後あの家の子と交わることは、厳に慎しみなさい」

父親からは禁じられたが、善三郎はその後も材木商の息子福《ふく》ちゃんとの遊びを続けた。

二歳年長の福ちゃんは面倒見がよくて、器用に丸太の上を走り回ることができた。その姿にこども達は憧れ、福ちゃんはガキ大将になっていた。

原っぱでの馬乗りでも大横川でのハゼ釣りでも、福ちゃんは年下の善三郎を側に呼んでくれた。

蓬萊橋のたもとには、毎日のように汁粉の担《かつ》ぎ売りが荷を下ろした。周囲は火除け地で、まだ若い柳が河岸に植わっているだけだ。

そんな場所でも、担ぎ売りの登六には、当てがあった。

丸太を浮かべた材木置場と、建材に使う石切場が蓬萊橋の近くに集まっていた。こどもには格好の遊び場である。

八ツ（午後二時）の鐘を合図に、こどもたちは蓬萊橋のたもとに集まった。登六の汁粉が目当てだったのだ。

福ちゃんも善三郎も他の遊び仲間も、界隈の商家の子である。汁粉代一杯四文は、だれもが小遣いで持っていた。

福ちゃんと最後に遊んだのは、付き合いを父親から止められた七日後のことだった。

あの日も福ちゃんは、丸太の上を走り回った。が、足を滑らせて大横川に落ちた。

目の前で川に落ちたのに、善三郎はなにもできず、棒立ちになっていた。

前夜の豪雨で増水していた大横川は、いつも以上に流れが速かった。我に返った善三郎は、大声で助けを呼んだ。

離れた場所の丸太をいかだ組みにしていた川並《かわなみ》が、荒縄を投げた。

「しっかり摑まりねえ」

福ちゃんが両手で摑んだ荒縄を、川並に駆け寄った善三郎も小さな手で引っ張った。

助け上げたのに、川並は福ちゃんのあたまをゴツンと小突いた。

「親父がダメになったからって、おめえまで落ちてどうするんでえ」

よそに行っても、しっかり生きてけよと、川並は温もりを込めて福ちゃんの尻を叩いた。

ずぶ濡れの木綿が、びしゃっと音を立てた。

その日の別れ際、福ちゃんは善三郎の目を見詰めながら、小声で言った。

「ありがとよ、引っ張ってくれて」

そのあと、泣き笑いの顔になった。

「じゃあ、またな」

言ったあとは、振り返りもせずに駆け出した。木綿から垂れていたしずくが、玉になって飛び散っていた。

父親に言われて、福ちゃんと会わなかったわけではなかった。が、もう遊ぶなと言われたことは、こどもながら、ひどい仕打ちだと思った。

与一朗を授かったのは、まだ先代（父親）が存命のときだった。質屋の跡取りではあっても、商いの舵取りも責めを負うことも、すべては先代の肩にかかっていた。

与一朗のしつけには先代への反発もあり、厳しさを薄めて育てるゆとりがあった。

先代没後、当主の座に就いたことで、初めて質屋稼業が負うまことの厳しさが、身体の芯にまで染み込んできた。

が、先代の思いを汲み取れたとはいえ、与一朗との接し方をいきなりは変えられない。

他人を思いやるこころ。

ひとの行く手を阻まない、気配り。

このふたつを身につけてくれればと、常に願ってきた。

善三郎の想いは通じたのか、与一朗は気働きのできる男に育っていた。

が、いささか気配りができすぎた。

遊女相手にも、さまざま気遣いを示したことで、あちこちの敵娼《あいかた》が本気で与一朗を好いてしまったのだ。

小島屋の跡取りは、遊郭遊びが過ぎる。

うわさは善三郎の耳にも聞こえていた。

「店のことを覚えさせるのは、あれが分別を備えた十五になってからでいい」

番頭や内儀から強く言われたときでも、善三郎は息子への接し方を変えなかった。

十五からでは手遅れだった。

今年で二十《はたち》を迎えたが、夜遊びは一向に収まらない。いまでは与一朗の夜遊びは、仲町中に知れ渡っていた。

「このままでは本勘当《ほんかんどう》にするぞ」

きつい言葉で脅しても、与一朗にはまるで効き目がなかった。

本勘当とは奉行所に届け出て、奉行に勘当を認めてもらう措置である。奉行が認めたあとは、勘当帳に名を記載するのが決まりだ。

しかし質屋は奉行所と深いかかわりのある稼業だ。本勘当を願い出るような不面目を為すはずがないと、息子は見抜いていた。

「てまえども同様、喜八郎さんも人助けに通ずる稼業を営んでおいでです」

善三郎は上体を喜八郎のほうに乗り出した。

「わたしは息子を甘やかした責めを負って、今年限りで隠居します」

まだ五十路手前なのに善三郎は、隠居を口にした。

「まことに身勝手な言い分ですが、喜八郎さんの店とてまえどもとは通りを挟んで向かい合っています」

損料屋と質屋の当主を兼ねるにも、地の利に恵まれていると善三郎は続けた。

「これも無礼千万を承知で申し上げますが、喜八郎さんのことを細かに調べさせていただきました」

奉行所に伝手《つて》のある小島屋である。さぞや念入りに喜八郎の素性を調べたに違いない。

番頭も承知の話だと善三郎は明かした。

「喜八郎さんに小島屋六代目をお任せしたい。その上で、与一朗を喜八郎さんの下で鍛えてください」

損料屋も質屋も、長屋住人の暮らしを支える稼業である。金儲けを考える前に、ひとの役に立つことを目指す者でなければ、進む道を誤るのは必定だ。

「あなたになら、小島屋の身代を安心して預けることができます。ぜひともお引き受けください」

善三郎は正座のまま、こうべを垂れた。

川面を飛ぶカモメの啼き声が流れてきた。

三

春分の翌日は商いを休む。

これは料亭江戸屋《えどや》創業時からの決め事だった。

初代秀弥《ひでや》は春分の翌日、板場に言いつけて仕出し弁当を拵《こしら》えさせた。

その日が晴れていれば、富岡八幡宮境内に花莫蓙《ござ》を敷き、奉公人たちと一緒に賞味した。

この日は追い回し（見習い）も、仕出し弁当に弾んだ手つきで箸をつけた。

享保時代に桜が植樹されたあとは、春分明けの休みには大横川河岸まで花見に出かけた。

昔もいまも江戸屋の仲居の大半は通いで、だれもが地元に暮らしている。この花見に、仲居や板場はこどもを連れてくることを許された。

花見とはいえ、例年、春分翌日の桜はまだ花見には早かった。

今年は二月九日が春分である。明けて十日が花見の休日となった。

創業以来の慣わしであるぼた餅は、やぐら下の菓子屋、岡満津《おかまつ》の仕出しである。今年はこどもが八人もおり、ぼた餅はもろぶた（浅い木の箱）三枚分も用意されていた。

「好きなだけ食べていいぜ」

板長・清次郎《せいじろう》の声を、こどもたちは待ちかねていたらしい。

「いただきまあす」

弾んだ甲高い声が、桜の枝にぶつかった。連日の晴天で、すでにつぼみは弾けていた。が、咲いている桜はまだまばらである。

こども八人の声を浴びせられて、その枝が小刻みに揺れた。

花見には損料屋の面々も招かれていた。

「おまちどおさまです。燗がつきました」

車座になっている損料屋衆の真ん中には嘉介がいた。右隣には喜八郎配下の棒手振三人組、平吉《へいきち》・勝次・辰平《たっぺい》が順に並んでいた。

嘉介の左には最年長の高橋《たかばし》の水売り彦六《ひころく》と、町飛脚の俊造《しゅんぞう》が座した。それらの面々に、与一朗は軽やかな身動きで一合徳利を配って回った。

徳利は江戸屋が蔵に仕舞ってある品で、一年に一度の花見にだけ使う九谷焼だ。野外で使っても倒れないように、どの徳利も袴を穿いていた。

徳利を配り終えるなり、与一朗は河岸の石垣に設けられた燗つけ場に戻った。

江戸屋は持ち運びのできる小型のへっつい二基を石垣の上に据え付けていた。花見の場で汁を温めたり、茶をいれたり、燗つけをするためである。

二月一日から損料屋で商い修業を始めた与一朗は、下積み仕事をいやがらずにこなしている。花見のお燗番も、その仕事のひとつだった。

「遊び好きのぼんくら若旦那だと聞かされていたが、存外、あいつは使えるぜ」

盃の燗酒を飲み干した勝次は、右手で髷の先を払った。

魚の担ぎ売り先で、長屋の女房連中から「様子がいいわねえ」と、世辞を言われるのが大好きな勝次は、毎朝、まだ暗い井戸端で口をすすぎ、髷の手入れをしてから魚河岸に出向く洒落者だ。

髷の先端のバラリが自慢の勝次は、常に手触りで開き具合を確かめていた。

「あいつはよう。よっぽどおめえが気にいったらしいぜ」

青物売りの辰平が話を引き取った。

「見ねえ、野郎の髷を」

辰平が言うと、勝次と平吉は与一朗を見た。父親似の長身を曲げて、へっついに薪をくべている与一朗の髷は、勝次と同じ形に結われていた。

「この前、しみじみ言ってたが、野郎は質屋を継ぐんじゃなしに、天秤棒を担いで棒手振をやりてえんだとよ」

「ばか言ってんじゃねえ」

勝次が言ったことに、豆腐売りの平吉が食ってかかった。

「ぬくぬく若旦那で育ってきたぼうやの戯言《たわごと》なんぞ、聞きたくもねえ」

棒手振稼業を軽くみられたことが、平吉の癇に障ったらしい。

「ツラが真っ白でしわひとつねえ男に、天秤棒が担げるわけがねえだろう」

そうだよな、とっつぁんと、平吉は彦六に同意を求めた。

嘉介と顔を見交わしたあと、返事をしないままの彦六が盃を口に運んでいたとき……。

「きゃああっ」

こどもの悲鳴が響き渡った。

河岸の桜は、こどもの木登りに手頃な大きさにまで育っていた。

いたずら盛りの男児がおとなの目を盗んで、桜の枝に乗って遊んでいたらしい。

川面に向かって伸びている枝である。ただ立っている分には、枝はこどもの目方に耐えられた。

が、その子は枝の上で飛び跳ねた。

耐えきれなくなった枝が折れて、こどもは大横川に落ちた。

「だれか助けて」

男児の母親が金切り声を発した。

平吉は泳ぎが得意だ。

「おれが行く」

急ぎ長着の帯をほどいていた、そのとき。

ドボンッ。

大きな水音が立った。

燗つけをしていた与一朗が、着衣のまま大横川に飛び込んだのだ。

濡れた長着は泳ぎの邪魔だ。それを苦にもせず、与一朗はぐいぐいと水を掻き、男児に近寄った。

こどもを抱きかかえたとき、ふんどし一本になった平吉が与一朗とこどものところに泳ぎ着いた。

「おれの背中に小僧を乗せろ」

「分かりました」

与一朗はこどもを平吉の背中に乗せて、その子の身体を手で押さえた。

晴れが続いていたことで、大横川の流れは穏やかである。幸いにも男児が落ちた所は、川岸から五間（約九メートル）ほどしか離れていなかった。

「ゆっくり泳ぐからよう。おれの身体にしがみついてるんだぜ」

平吉の優しい物言いに、こどもは安心したらしい。しかも自分の身体を与一朗の手が押さえてくれているのだ。

石垣に泳ぎ着いたときには、こどもはすっかり泣き止んでいた。

「おめえ、なかなかの泳ぎっぷりだぜ」

平吉は与一朗の肩に手を載せて褒めた。つい今し方、与一朗をわるく言っていたことなど、すっかり忘れた顔つきである。

「ありがとうございます」

与一朗があたまを下げたら、髷からしずくが落ちた。

長着の袖や裾からも水が垂れている。

江戸屋の仲居が、店のお仕着せを手にして駆け寄ってきた。

与一朗が連れてきた黒犬が、濡れた裾に鼻をくっつけてじゃれていた。

四

仲町やぐら下の小料理屋たちばなには、店の自慢がふたつあった。

ひとつは檜《ひのき》の一枚板を使った卓である。

長さが一間半（約二・七メートル）で奥行き二尺（約六十センチ）、厚みが三寸（約九センチ）もある分厚い卓だ。

白木がくすんできて香りが薄くなるたびに指物師《さしものし》を呼んでカンナを走らせた。

「檜が料理の邪魔をしねえように、案配よく削ってくだせえ」

板場の言い分を聞き入れて、指物師はほどのよいカンナがけをした。

自慢のもうひとつは料理人である。

ふたりの料理人は卓の内側に立ち、客の見ている前で包丁を使った。

「あっしは高野と申しやす」

「あっしは林田でやす」

ふたりとも名を持っていた。

兄弟子《あにでし》の高野は房州が在所で、実家は海苔屋を営んでいる。たちばなの料理に使う海苔は、すべて高野の実家が別誂えをしていた。

林田は浅草三筋町が在所だ。生まれついての祭り好きである。

やぐら下に越してくる前の林田には、浅草の船祭(三社祭)が一年で一番の行事だった。

仲町に暮らし始めてからは、富岡八幡宮の本祭である。上背が六尺（約百八十二センチ）もある林田は、御輿《みこし》に肩を入れるとあたまが飛び出すことになった。

ひとりで重さを背負う羽目になるのも承知で、御輿を見ると肩を入れた。

高野と林田は横並びになり、注文を聞いてから客の目の前で料理を拵えた。

ふたりの様子もいいし、出来上がりの味も見事だと評判である。

店の口開けは七ツ半（午後五時）だ。のれんを出して半刻（一時間）が過ぎた暮れ六ツ（午後六時）から店仕舞いの五ツ半（午後九時）まで、客の絶えることがなかった。

二月十日の口開けは、喜八郎と秀弥が受け持った。

「こいつあ、ありがてえ」

高野が顔を大きくほころばせた。

一日の商いは口開けの客次第だ……が、高野の言い分である。女の客で、しかも江戸屋の女将なら口開けには最上客だった。

「どうぞ、ごゆっくり」

上機嫌の声を残して、高野は調理場に入った。この日の仕込み仕上げのためだ。

「昼間は暖かでやしたが、陽が西空に移ると花冷えが押し寄せてきやす」

引っ込んだ高野の代わりに、林田がふたりを受け持った。

「端《はな》には、温かいうしお汁でもいかがでやしょう？」

「ぜひそれを」

秀弥の顔がほころんだ。桜の時季には鯛のうしお汁が秀弥の好物だった。

「勝手をいいますが、わたしのお酒はこれで燗つけをお願いします」

秀弥は赤絵の一合徳利を林田に差し出した。

「がってんでさ」

喜八郎と秀弥の酒は、林田が自分で燗をつけた。ふたりの好みを分かっているからだ。

「汁の仕上がりまで、ちょいとヒマがかかりやすんで」

菜の花のおひたしと梅干し、燗酒を卓に出して林田も奥に引っ込んだ。

混み始める暮れ六ツまでには、まだ四半刻近くも間があった。客も料理人もいない卓で、秀弥は喜八郎に肩を寄せた。

思いは通い合っている二人だが、逢瀬はままならない。

喜八郎の顔には屈託《くったく》が張り付いていた。

小島屋善三郎には、一カ月の内に返事をすると答えていた。ぜひにもと頼まれて、与一朗は損料屋ですでに引き受けていた。が、小島屋六代目を引き受けるか否かは、いまだ答えに行き着いてはいなかった。

もともと口数の少ない喜八郎だが、今夜はことさら口が重たかった。

秀弥はそれでも、喜八郎と肩を触れあって座しているだけで満足のようだ。

喜八郎が盃を干しても、秀弥は脇から酌はしなかった。

呑みたいように、手酌で満たしてゆっくり味わうのが流儀だからだ。

喜八郎が徳利を手に持つと、秀弥も赤絵の徳利に手を伸ばした。

暮れ六ツを永代寺が撞《つ》き始めたとき、林田はうしお汁の椀を運んできた。黒塗りの椀だが、ふたは鮮やかな朱色である。

徳利はカラになっていた。喜八郎と秀弥は、すぐさま朱色のふたを外した。

大きなヒレを張った真鯛のカマが、汁に浸《つ》かっていた。

「いただきます」

秀弥と声を揃えた喜八郎は、まず汁をすすった。鯛の骨と昆布でとったダシの旨味が、口いっぱいに広がった。

喜八郎は汁を褒めてからカマの身を箸でほぐした。ほどよい大きさの身を口に入れた喜八郎は、窪んだ両目を見開いた。

秀弥も驚きを隠さなかった。

林田の目元がゆるんだ。

「いい味だ」

「知らなかった味です」

ふたりが真鯛の身の美味さを褒めると、林田は種明かしを始めた。

「江戸屋の女将に講釈するのも口はばったいですが、うしお汁は鯛の骨と昆布でダシをとります。そのあと塩で味を調《ととの》えます」

林田の話に秀弥は聞き入った。江戸屋の女将だという顔など、かけらも見せなかった。

「普通は身も一緒に仕立てるんですが、今日は作り方を変えてみました」

ダシはいままで通りにとった。が、身は別の鍋で味付けをしていた。

別々に味を調えたことで、鯛の美味さを存分に引き出すことができていた。

「鯛は美味い魚ですから、ついつい骨も身も一緒に料理をしてしまいますが」

別々に調理すれば、いままで知らなかった美味さを鯛が教えてくれる……。

林田の話を聞いているうちに、喜八郎の両目が強い光を帯び始めた。

「どうかしましたの？」

「林田さんから答えを教わった」

喜八郎は椀を手に持つと、残りの身を口に運んだ。何日も抱え持っていた屈託を、うしお汁が吹き飛ばしてくれたらしい。

ものは言わずとも、喜八郎の顔が大きくほころんでいる。

秀弥は林田に気づかれぬほどわずかに、身体を喜八郎に寄せていた。

江戸屋を背負っている秀弥である。喜八郎との逢瀬は料亭が休みの日の、暮れなずみどきのことと決めていた。

秀弥のその硬さにこそ、周りのだれもが心底の信頼を寄せている。

ふたりを包み込むかのように、宵闇が町に降りてきていた。

五

たちばなを出た喜八郎は、江戸屋まで秀弥を送った。

暮れ六ツが鳴って、まださほどに時は過ぎていない。春の宵だが、花冷えがきつかった。

商い休みの江戸屋は、明かりがすっかり落ちていた。玄関につながる敷石も、今日は打ち水がされていない。

「うちの連中も、花見はまことに楽しかったと喜んでいた」

「よかった」

短い答えで応じながら、秀弥は胸の内で微笑んでいた。

うちの連中がと言いながら、その実は喜八郎の褒め言葉だと察していた。

はっきり言ってくれればいいのに……と、喜八郎の回りくどさに微笑みを抑えられずにいた。

「それでは」

辞儀をした喜八郎は、仲町の辻を目指して歩き始めた。

人目を気にして、格別の言葉も交わさずに行き過ぎようとする、喜八郎。

また、いつものやせ我慢ですね……と、秀弥は胸の内で柔らかにつぶやいた。

喜八郎の気性は分かっているつもりでも、なんだか口惜しい気持ちも滲み出てくる。

遠ざかる雪駄の音が、そんな秀弥に寄り添ってくれるかのように、韻を引いていた。

辻に出た喜八郎は宿には向かわず、永代橋の方角に足を進めた。

大島町に住む八卦見《はっけみ》、高田玄賽《げんさい》を訪ねる気になっていたからだ。

失せ物探しでは江戸で一番との評判が高い玄賽とは、札差《ふださし》伊勢屋四郎左衛門《しろうざえもん》の引き合わせだった。

まさか自分が占い師を訪れようとは……。

大島町に行き着いたときには、町はすっかり暮れていた。

「お願いがあって伺いました」

前置きは省き、小島屋善三郎と面談するのは、幾日がいいのか。期日を知りたいと申し出た。

玄賽は筮竹《ぜいちく》と算木を使い、出た卦を手元の暦と照らし合わせた。右手には大きな天眼鏡を握っていた。

答えを得たのか、玄賽は天眼鏡を握ったまま喜八郎を見た。

「小島屋殿は、犬か猫を飼ってはおらぬか？」

「黒犬を一匹、小島屋さんの総領息子が飼っています」

喜八郎の返答を聞いて、玄賽は天眼鏡を文机に置いた。

「明日が吉日ですぞ」

玄賽はきっぱりと断じた。

二月十一日は甲戌《きのえいぬ》の日だ。

甲は十干の始まりで、談判には吉日。

小島屋が犬を飼っているなら、明日の干支が大いに味方をしてくれる。

「明日なら、談判はそなたの願う通りに運ぶこと請け合いだ」

玄賽は白髭を撫でながら、強い口調で喜八郎の後押しをした。


二月十一日の朝五ツに、与一朗は向かいの小島屋に差し向けられた。父親を損料屋に連れてくるための迎えである。

談判は自分の城で為すべし。

玄賽の易断を、喜八郎は守っていた。

五ツ半に五つ紋の羽織を着た善三郎が損料屋を訪れた。

喜八郎が先に立ち、商談用の八畳間に善三郎を案内した。

小島屋のように調度の調った客間は、損料屋にはなかった。が、商談用の部屋よりは拵えのいい客間はあった。

あえてこの八畳間にしたのも、玄賽の易断に従ってのことだ。

調度品のないこの商談部屋こそが、損料屋の本丸だった。

喜八郎は岡満津の辰巳八景もなかを茶請けに用意した。善三郎の好物を、与一朗から聞き出していた。

熱々の焙《ほう》じ茶が好みであるのも、息子が教えていた。

「いただきます」

話に入る前に、善三郎はもなかを半分に割って賞味した。餡の甘味を焙じ茶で喉に落としたところで、喜八郎は口を開いた。

「先日の話は、まことに申しわけありませんが受けることはできません」

喜八郎はいささかも善三郎から目を逸らさなかった。

「与一朗は気働きもあるし、機転も利きます。ひとの気持ちを察する才にも長けています」

長所に富んではいるが、ひとつことをやり続けることへの、肚の据わりがまだまだ甘いと評した。

善三郎は喜八郎の指摘に、感嘆を覚えつつ聞き入った。質屋稼業に欠かせない資質こそ、ひとつことをやり続ける肚の括りだった。

喜八郎はたちばなのうしお汁に話を移した。

いかに美味いものでも、骨と身を一緒に仕立てたら互いのよさを食い合うことになる。

「別々の鍋で仕立ててこそ、損料屋と質屋の味が際立ちます」

質屋は品物を預かるのみにあらず。

人生までも預かる稼業だという戒めは、わたしの胸にも深く刻みつけられましたと、喜八郎は善三郎に明かした。

「質屋稼業と向き合う善三郎さんの、甘さのかけらもない姿勢、肚の据わり方には、感服いたしました」

まだまだ、わたしなど駆け出し同然ですと続けたら、善三郎は喜八郎の口を抑えようとした。それを拒んで、あとを続けた。

「高い見識をもって、稼業を営なんでおいでの小島屋さんです。次を担う与一朗を預かることは、わたしの鍛錬にもつながります」

与一朗はこの先二年預かったうえで、小島屋に返すことを喜八郎は請け合った。

しばし目を伏せて沈黙したあとで、善三郎は喜八郎を見た。両目が潤んでいた。

「ありがたい話です」

善三郎は両手を膝にのせてあたまを下げた。

顔を上げたとき、手の甲が濡れていた。

「桜鯛の時季が終わる前に、たちばなにご一緒させていただけませんか？」

「望むところです」

喜八郎が目元をゆるめた。

庭で黒犬がワンッと吠えた。

つけのぼせ

一

寛政五年三月三日、桃の節句である。

品川沖から昇った春の朝日は柔らかな光で、六ツ半（午前七時）過ぎには大横川の川面を照らしていた。

「気のせいか、今朝は八幡様から桃の花が香ってくるようだ」

「ばか言いなさんな、それはあんたの大きな思い違いだ」

蓬萊橋たもとを掃除していた町の年配者ふたりが、大声を交わした。

「なにが思い違いというんだ」

「桃の花は香らない」

寄る年波ゆえか、互いに耳の聞こえがいまひとつらしい。ぴしゃりとやり込められた方も、さほど気を悪くした様子はなかった。

「今朝の陽気が続いてくれたら、ほどなく桜も花を開いてくれるだろうよ」

何事もなかったかのような口調で、話題を変えた。

「確かにそんな陽気だ、今朝は」

竹ぼうきを手にしたまま、ふたりは河畔の桜並木に目を向けた。

どの枝のつぼみも大きく膨らんでいる。桜開花も、遠い先ではなさそうだった。

翌三月四日も前日同様の晴天で明けた。

毎朝の掃除を進めるふたりのわきを、損料屋の番頭・嘉介が通りかかった。

「いい陽気になりました」

嘉介から朝のあいさつをした。

年配者ふたりは、町内のうるさ型で通っている。こわもての嘉介がくれる明るい声のあいさつは、付き合いの滑りをよくする油だった。

「今年も花見のときには、また損料屋さんの力を貸してもらうつもりだ」

「そんときには、よろしく頼むよ」

ふたりから気持ちのこもったあいさつが返ってきた。

嘉介は辞儀をしてから大横川伝いに黒船橋を目指して歩いた。気のむくまま漁師町の佃町を歩いたり、黒船稲荷にお参りしたりするのが朝飯前の嘉介の日課である。

気持ちよく晴れた今朝は、黒船稲荷にお参りをしようと決めていた。

黒船橋の南詰めに四半町（約二十七メートル）まで歩いたとき、嘉介は足を止めた。

橋を渡ってくる以蔵《いぞう》を見かけたからだ。

去年の正月、ふたりは富岡八幡宮に初春の酒を奉納した。どちらも仲町の酒屋・小田原屋の角樽を手にしており、灘の丹波桜の一斗切手も同じだった。

「いい酒をご存じですね」

「この辛口は、灘酒のなかでも一番です」

隣り合わせで奉納順を待ったことで、酒談義が弾んだ。そしてこの場がきっかけで、一気に間合いが詰まった。以来、ふたりは月に二度はやぐら下の縄のれんで、江戸の地酒を酌み交わす仲になっていた。

ひとの吟味には辛い嘉介だが、以蔵には胸襟を開いた。

近江屋は大川の東側では一番所帯の大きい両替商である。以蔵はその三番番頭だ。酒が進んでも以蔵の所作も物言いも乱れることはなかった。

以蔵も嘉介も、安心して何でも話せる同僚を欲していた。ふたりは求め合うようにして仲を深めた。

到底、近江屋と取引のできる商い規模ではなかったが、以蔵の計らいで損料屋は近江屋に口座を持つことができた。

「それは大したものだ」

口座開設ができたと知ったとき、あの伊勢屋四郎左衛門が感心したほどだった。

いつもの嘉介なら、おう、以蔵さんと声をかけただろう。しかしこの朝は、四半町先を通り過ぎる以蔵を黙って見ていた。

以蔵の表情が暗く、声をかけるのがはばかられた。

橋を渡りきった以蔵は、脇目もふらずに黒船稲荷を目指していた。

その思い詰めたような顔つきが気になり、嘉介は隔たりを保ちながら以蔵を追った。

黒船稲荷の赤い鳥居をくぐった以蔵は、お堂前に進んだ。二礼したあと、たもとから賽銭《さいせん》を取り出した。

ジャラジャランッ。

賽銭箱は一文銭が何枚も重なって落ちたような音を立てた。

お堂に向かって打った柏手《かしわで》は、離れて見ている嘉介の耳にまで届いた。

一礼をしたときは、以蔵のひたいが膝に触れるほどに深かった。

以蔵さんは、ひとには言えない深いわけを抱えている……。

お参りの仕方を見て、嘉介はこれを察した。

稲荷神社を出た以蔵を、嘉介は四半町を詰めずに追った。朝早くからどこに行くのか、行き先が気がかりだったからだ。

以蔵はしかし、どこにも立ち寄らずに近江屋に戻った。

「おかえんなさい」

小僧が明るい声で迎えた。

以蔵さんの稲荷神社参りは、毎朝のことだったのかもしれない……案ずることはないと無理やり思って、嘉介は宿に戻った。

板の間には朝餉《あさげ》の支度が調っていた。

しじみの味噌汁に白菜の漬け物、あとは漁師町の干物屋で買い求めたアジの開きだ。

新しく雇い入れたおとよは、飛び切りの飯炊き上手である。

加減よく蒸された釜のふたを取ると、ごはんが一粒ずつ立っていた。椹《さわら》のおひつに移せば、ほどよく水気を吸ってくれる。

喜八郎も嘉介も、炊きたての熱々ごはんは苦手だった。

三が日が過ぎてから働き始めたおとよは五日の朝、わずか一日が過ぎただけで喜八郎と嘉介の好みをわきまえていた。

おひつのなかで、ひと冷ましされたごはんは、茶碗によそわれたあとも粒が立っていた。

「これは美味い」

美味いまずいを言わない喜八郎が、おとよの炊いたごはんには窪《くぼ》んだ目を細めた。

おとよは干物の目利きも焼き方も達者である。朝歩き途中の嘉介を、佃町の干物屋の親爺が呼び止めたことがあった。

「こんどの嘉介さんとこの飯炊きさんは、ただものじゃあないね」

この店はアジの干物が売り物である。

おとよは竹のザルに並んだ干物のなかから、大きさの大小には頓着せず、旨味に富んだアジを選りすぐって買い求めるというのだ。

「余計なことを言うようだが、あのひとは大事にしたほうがいいよ」

親爺は正味の言葉でおとよを褒めた。

今朝も美味そうな焦げ目のついたアジが、皿に載っている。おとよが焼いたアジの干物は、皮が美味い。尖ったぜいごまで、嘉介は構わずに食べていた。

おとよがしじみの味噌汁を椀によそっているとき、喜八郎が顔を出した。

ふたりで朝飯を共にしながら、昨日の出来事と今日の段取りを話し合う。これが朝の決め事だった。

茶碗によそわれたごはんに、喜八郎は赤穂の塩をまぶした。おとよが飯炊きを始めて以来、ごはんにひと摘みの塩をまぶすのが喜八郎の食べ方になっていた。

しじみの味噌汁に喜八郎が口をつけたとき、嘉介は今朝の以蔵の様子を聞かせた。

「嘉介さんがそう思うなら、よほどのわけを抱えているに違いない。近江屋さんは、うちのお得意先だ。大事に至らぬうちに、以蔵さんの抱え持つ屈託を調べさせよう」

「うけたまわりました」

安堵した嘉介は、アジの干物に箸を伸ばした。

喜八郎配下の棒手振、平吉・勝次・辰平の三人は、それぞれが仲町とは異なる町を得意先にしていた。

しかし近江屋の勝手口には、三人とも出入りが許されている。扱う品物がどれも優れていたからだ。

喜八郎の指図で、三人が動き始めた。

以蔵が受け持つ三番組は、組頭一人、手代八人を抱える近江屋で一番の大所帯だ。深川全域の大店と、佐賀町の廻漕問屋との商いを三番組が一手に担っていた。

「大きなことを言うようだが、近江屋は三番組が屋台骨を支えているも同然だ」

三番組の組頭・菊三郎《きくさぶろう》は、常からこれを口にしていた。

三番組がお得意先から預かっている蓄えは、総額で九万五千両に届いていた。預かり賃を均《なら》せば、一年で二分五厘（二・五パーセント）である。

この預かり賃だけで、三番組は二千三百七十五両の稼ぎをあげた。

これだけの大金を、近江屋は金蔵に仕舞っておくわけではない。素性の確かな商家や大名に限り、年利九分から一割二分の利息で貸し付けた。

貸し付けを受け持つのが二番組で、手代は組頭を含めて六人。この組は以蔵と同じ三番番頭の傳三郎《でんざぶろう》が差配していた。

まだ三月上旬だが、近江屋の奉公人たちの目はすでに来年の正月に向けられていた。

二番番頭の義蔵《よしぞう》は元日の祝い膳のあとで、あるじの居室を訪れた。頭取番頭の伊右衛《いえ》門《もん》とあるじが一緒だと分かっていたからだ。

「今年限りで、なにとぞ、なにとぞお暇《いとま》を賜りますように」

義蔵は畳にひたいを押しつけた。

人柄・能力ともに秀でた男だが、来年で還暦を迎える運びだった。

「めっきり身体の動きが鈍くなってまいりましたゆえ、なにとぞお聞き届けくださりますように」

頭取番頭と当主は強く慰留した。が、義蔵は暇乞いを口にすることに終始した。

「身体がきついというなら、仕方がない」

願い出を受け入れた当主は、頭取番頭と話し合いを持った。二番番頭にだれを取り立てるか、である。

「傳三郎も以蔵も、甲乙つけ難い番頭です」

今年一年の様子を見たうえで、来年正月に二番番頭を名指しする……これが当主と頭取番頭が談判して決めたことだった。

七草の昼前に、傳三郎と以蔵に告げられた。

「謹んで、うけたまわりましてございます」

ふたりは、ともにその日のうちに配下の手代たちを集めた。

「もしもわたしが二番番頭に取り立てられれば、新しい三番番頭はおまえたちのなかから推挙することができる」

いままで以上に、お得意先への商いに励んでもらいたい……番頭の言葉を、手代たちは丹田《たんでん》（下腹）に力を込めて受け止めた。

近江屋の一番組は、来店のお客様とのやり取りを受け持つ「お店組」である。

一番組は組頭がいるだけで、受け持ちの番頭はいない。

常に帳場を背にして働いているがゆえ、二番番頭の義蔵が差配をしていた。

二番番頭に取り立てられるのは、果たして傳三郎なのか、以蔵なのか。

二番組、三番組ともに、手代たちの口はサザエのように堅かった。

一番組は、いわば傍観者で気楽なものだ。

「あたしは傳三郎さんのほうが取り立てられる気がする」

「それは違う。菊三郎さんがいつも言ってる通り、三番組がうちの稼ぎ頭だ。以蔵さんのほうが順当だろう」

一番組のなかでは、手代たちが思惑を抱いて見当を交わしていた。

喜八郎配下の勝次は、一番組の手代敬史郎《けいしろう》と仲がよかった。来年には三十路を迎える同い年で、ともに地酒の隅田川を好んだ。

三月六日の夜、五ツ（午後八時）。

大門《おおもん》通りの得意先に百文緡《さし》を五貫文（五十本）納めた帰り道、敬史郎は汐見橋たもとにいた。

橋の西詰めにある縄のれん「おかめ」で、勝次と隅田川を飲むためである。

納めに出た帰り道に一杯楽しむのは、一番組手代の役得だった。

とはいえ、四ツ（午後十時）の四半刻前までには近江屋に帰らなければならない。

「あんまり暇がありませんので」

うなずいた勝次は上体を乗り出した。

「三番番頭の以蔵さんの様子がおかしいと、うちの番頭さんが心配してやす」

一気に言ってから、徳利を差し出した。

「なにか事情を知ってるなら、そいつを聞かせてくだせえ」

徳利を手にしたまま頼み込んだ。が、両替商の手代はたとえ仲のいい相手にであれ、口は固かった。

「ここの蒲焼きとねぎぬたが、大好物でしてねえ」

問いには答えず、さらりと躱《かわ》した。

「そいつあ、気が利かねえこって」

蒲焼きとねぎぬたを急いでくれと親爺に頼み、併せてぐい呑みも言いつけた。

「あいよう」

すぐさま手渡されたぐい呑みを敬史郎の前に置き、勝次が熱燗を注いだ。

気を利かせた親爺の働きで、たちまち蒲焼きまで運ばれてきた。

勝次の真っ直ぐで正直な気性を、敬史郎は充分に呑み込んでいる。酒肴が調っているから口が滑らかになったわけではなかった。

「以蔵さんのことですが……」

勝次を正味で信じていればこそ、敬史郎は直ちに本題を話し始めた。

勝次が蓬萊橋の損料屋に戻ってきたのは、四ツの鐘が鳴り出す間際だった。

「以蔵さんの顔が曇ってたのも、話を聞いたいまでは無理はねえと思い知りやした」

勝次が話し始めるなり、永代寺が四ツを撞き始めた。

三

以蔵が国元からの便りを受け取ったのは、三月三日のことだった。

この日は桃の節句で、近江屋では奉公人へのおやつにぼた餅が振る舞われた。

甘い物は苦手な以蔵だが、節句ごとに振る舞われるぼた餅は心待ちにしていた。

近江屋が振舞うのは、やぐら下の菓子屋岡満津から仕入れる品だ。餡の甘さがほどよく、糯米《うるち》にも吟味が行き届いている。

「岡満津さんのぼた餅なら、番頭さんも美味そうに食べるんですね」

三番組の手代が軽い口調で話しかけているとき、以蔵への飛脚便《ひきやく》が届いた。

在所と江戸との飛脚便は、重さ五匁（約十九グラム）しかない封書でも一分二朱（一貫五百文）もかかる。

深川の裏店の店賃は、水はけのいい場所でもいま（寛政五年）なら月に四百文だ。

店賃四カ月分にも届きそうな高いカネを払ってまで送ってきた、一通の封書。たとえ近江屋の三番番頭とはいえ、在所から封書が届くなどは滅多にあることではなかった。

だれもが仕事に精出しているときならともかく、八ツの休みで全員がぼた餅の甘味を楽しんでいたときである。

手の空いている者たちの目が、封書を受け取った以蔵に集まったのも無理はなかった。吉報ではないと判じた以蔵は、人目のない夕餉《ゆうげ》の直前に読もうと決めた。

近江屋の商いは暮れ六ツで雨戸を閉じた。

以蔵は夕餉の支度に追われている賄《まかな》い場に向かった。へっついの赤い火で照らしつつ、在所からの封書を読んだ。

差出し人は以蔵の兄だった。


母・とせが正月にひいた風邪が一向に治らず、日に日に容態が悪化している。

村にひとりしかいない医者・到辰《とうたつ》先生の診立てでは、今年の夏は越せないという。

母もそれを察しているらしく、ひと目でいいから江戸にいる以蔵に会いたいと、そればかりを毎日言っている。

おまえも大変だろうが、なんとか旦那様にお許しをいただき、一日でいいから帰ってきてくれないか。

みやげなどはなにもいらない。身軽な手ぶらで、旅の足を早くしてもらいたい。一刻でも早く、母の息があるうちに戻ってきてくれ。

漁師の兄は字を書くのが苦手である。ほとんど漢字のない、大きなひら仮名で書状を綴《つづ》っていた。

読み終わった以蔵は赤い光を横顔に浴びながら、深いため息をついた。

土間が暗いだけに炎が際立っている。以蔵のひたいに寄せたしわがいつも以上に深く刻まれて見えた。

夕餉の支度に追われている女中たちは、へっついの前にしゃがみ込んだ以蔵を気にするゆとりもなさそうだった。

近江屋には江戸店を開いた初代が定めた七箇条の家訓があった。その第五条に定められているのが、帰郷についての厳しい取り決めである。

「うち（近江屋）はひとさまのおカネを預かる稼業だ」

これが初代の口ぐせだった。

いつなんどき、お客様がカネの入り用を申し出られるかもしれない。

いつなんどき、大雨・地震・洪水・火事などの災難に見舞われるかもしれない。

ことが起きたとき、手代や番頭が不在ではお客様に申しわけが立たない。

ゆえに奉公人が帰郷してもいいのは、次の定めに従うときに限る。

こう告げてから、初代は自筆の家訓第五条を奉公人たちに示した。

手代はその身分に取り立てられてから五年目に、夏の藪入《やぶい》りを挟んだ二十日間に限る。

その後は五年ごとに二十日限りとする。

三番番頭はその職に就いてから五年が過ぎた日以降で、三十日を限りに一回とする。

二番番頭はその職に就いてから三年が過ぎた日以降で、四十日を限りに一回とする。

頭取番頭はその職にある限り、帰郷は許されないものとする。

これが近江屋の第五条である。

三番番頭は五年を過ぎてから一回限りが定めだ。以蔵は三番番頭に取り立てられてから、まだ二年半しか経ってはいなかった。

帰郷の厳禁は、理由の如何を問わずであると、第五条の末尾に明記されていた。

「たとえ親・兄弟の葬儀や婚礼があろうとも、第五条は曲げられない」

奉公人たちは、これを近江屋当主からきつく申し渡されていた。

以蔵はいま、二番番頭の座を同僚の傳三郎と争っている真っ直中だ。そんな折に帰郷を願い出たりすれば、その時点で勝負は決まるに違いない。

かなうはずもない願い出は、するだけ無駄で、しかも自分で自分の首を絞める愚挙《ぐきょ》だった。

第五条を百も千も承知の以蔵がため息をついたのは、母とせへの思いが格別に深かったからだ。

以蔵の実家は近江・琵琶湖に面した村の漁師だ。以蔵は男女合わせて五人兄妹の次男で、幼いころから利発なことで知られていた。

以蔵の才能を信じたとせは、乏しいカネをやりくりして謝金を捻り出した。以蔵を一里離れた寺子屋に通わせるカネだ。

連れ合いが漁のさ中の事故で落命したあとも、とせは以蔵の寺子屋通いを続けさせた。兄も妹も弟も母親を手伝い、暮らしのカネと以蔵の謝金を稼ぎ出した。

宝暦十年。

近江屋本家当主の耳に以蔵の評判をいれたのは、寺子屋の師匠である。以蔵十歳の夏だった。

「近頃にふたりといない、利発な子です」

師匠は強い口調で請け合った。

近江屋本家は常から寺子屋などに、聡明な子がいたら教えてほしいと頼んでいた。江戸店と大坂店の丁稚《でっち》小僧とするためだ。

当主は面談の後、以蔵を丁稚として雇い入れることを決めた。

とせは江戸に出す哀しさを胸の内に押し込めて、以蔵が近江屋江戸店への奉公がかなったことを喜んだ。

十七歳で手代に取り立てられた以蔵は、四十三の今日に至るまでの間に、四度の帰郷を果たした。

帰るたびに土産物を背負子《しょいこ》いっぱいに積み重ねて持ち帰った。

自分を江戸に出してくれた母・兄・弟・妹への土産物が荷物の大半だった。

四十の夏、以蔵は三番組組頭から三番番頭に取り立てられた。

以来今日まで、以蔵は夏冬の藪入りの折も当番を買って出た。

以蔵が江戸親となって手代に取り立ててきた者も、三番組には三人いた。そのなかで最年少の祐助《ゆうすけ》は、以蔵と同じ漁村が在所だ。

ことのほか以蔵は祐助に目をかけてきた。

祐助はしかし算術と算盤《そろばん》が苦手で、何度も利息勘定《かんじょう》で間違いをおかした。

その都度、以蔵は祐助をかばった。

「おまえの気持ちも分からなくもないが、祐助はうちの商いには向いていない」

いつまでもうちで雇うのではなく、新たな奉公先を見つけてやるのが祐助のためではないか。

頭取番頭伊右衛門からこれを言われたのは、在所からの封書を受け取った翌日だった。

以蔵は自分と祐助が育った漁村が、どれほど貧しいかを知り尽くしていた。そんな村から近江屋の丁稚小僧に雇われたことで、どれほど祐助の両親が喜んでいることか。

我が身に置き換えれば、容易に察しがついた。在所では近江屋の丁稚小僧に雇われるのは、このうえなき自慢の種なのだ。

「祐助のことは、てまえが責めを負って育てますゆえ、なにとぞ、なにとぞ」

以蔵は頭取番頭の前でひたいを畳に押しつけた。伊右衛門も不承不承ながら、以蔵の頼みを受け入れた。

伊右衛門が以蔵と長らく話し込んでいたことは、すぐに手代たちに伝わった。

祐助に暇を出すと伊右衛門が申し渡したのを、以蔵は身体を張って拒んだ。

このこともまた、その夜には手代たち全員が知るところとなった。

人事にかかわるうわさは足が速い。

「おまえが暇を出されないのは、以蔵さんが身体を張っているからだ。分かってるのか？」

菊三郎に言われたとき、祐助は落ちる涙で手の甲を濡らした。

「以蔵さんのためなら、てまえは命も投げ出す覚悟を決めています」

祐助の言葉に嘘はない……組頭から様子を聞かされただれもが、それを信じた。

祐助はそれほどに実直な手代で、算術には疎いが恩義は忘れない男だと周りから思われていた。

桃の節句から、以蔵の表情には濃い曇りの色が張り付いた。

が、その蔭りのわけを手代たちは察しようがなかった。

もとより口の堅い以蔵である。自分の身になにが起きているかなど、他人に話すはずもないからだ。

「以蔵さんの顔が曇り続けているのは、祐助のしくじりに火元がある」

手代たちがこう思い込んでいたら、釜焚きの伝助《でんすけ》から違う話が聞こえてきた。聞き出したのは手代のなかでも群を抜いて男気の篤い敬史郎である。

「在所のおふくろさんが、夏は越せない重たい病にかかっている。すぐにも帰りたいだろうが、あの第五条が立ちはだかっている」

話し終えた伝助は、深いため息をついた。

節句の日の日没後、以蔵がへっついの前でやるせないため息をついていたところに伝助が通りかかった。

いつもの以蔵なら、自分の話などしなかったに違いない。

あのときは、つらい気持ちのやり場がなかったのだ。

浮き沈みの激しい人生を歩んできた伝助は、近江者ではなく江戸者だ。

散々に辛酸をなめてきた伝助には、ひとが隠そうとしている悩みやつらさを察する感性と知恵が備わっていた。

「おれを木の洞《うろ》だと思って、なんでも吐き出してみねえ。少しは楽になるぜ」

伝助に言われるがままに、以蔵は届いた封書の中身を話した。

母や兄妹への思いも洗いざらい吐き出した。

「以蔵さんも大変だろうが、ここは一番、下っ腹に力をいれて踏ん張りねえ。きっとなにか道は開けるだろうさ」

伝助の力づけに以蔵はあたまを下げた。

口先だけの慰めを伝助は言ったわけではなかった。以蔵も相手の実を感じたのだろう。

伝助はひとを選んで以蔵から聞かされた話を明かした。手代たちが知恵を出し合えば、以蔵にもなにか道が開けると考えてのことである。

敬史郎は手代のなかでも古株で、二番・三番の手代頭にも顔が利いた。

伝助の話を敬史郎は、直ちに勝次に伝えた。

あの勝次ならかならず確かな先につないでくれると、信頼してのことだった。

結果、嘉介と喜八郎の耳に届いた。


長い話を聞き終わった喜八郎は、窪んだ目に強い光を宿していた。

「祐助さんと、組頭の菊三郎さんに会って話をしたい」

その段取りを敬史郎に頼むようにと、勝次に言いつけた。

用向きが何かを言わないのは、いつも通りだ。しかし仔細を聞かされずとも、この手配りの大事を勝次は呑み込んでいた。

「すぐにも敬史郎さんにつなぎやす」

喜八郎の指図がしっかりと動き始めた。

四

面談を申し入れてから、すでに二十日近くが過ぎていた。その間、喜八郎は勝次をせっつくことはしなかった。

近江屋ほどの大店なら、平の手代といえども見ず知らずの者とは気安く面談はしない。ましてや喜八郎は手代と、その上役の組頭の両名に面談を申し入れていたのだ。

以蔵の差し迫った状況を案じつつも、相手からの打ち返しを黙して待っていた。

勝次が返事を持ち帰ってきたのは三月二十四日である。

「じつはこれを、近江屋の傳三郎さんから言付かってめえりやした」

いつになく神妙な顔つきで、勝次は封書を差し出した。

「損料屋喜八郎様」

読みやすい楷書で上書きがされた封書の裏には「近江屋　傳三郎」と記されていた。

「以蔵さんと二番番頭を競っている傳三郎さんからか？」

勝次は小さくうなずいた。

「すべては中に書いてあるからと、傳三郎さんからそう言われやした」

返事を明日にはほしいとも言われたと、勝次は付け加えた。

「読み終えたら、おまえに声をかける」

勝次を下がらせてから、喜八郎は封書を開こうとした。強くのり付けされており、文机に置いてある小柄《こづか》で封を切った。

巻紙ではなく美濃紙の半紙が三枚、三つ折りに畳まれていた。

一枚目を見ただけで、喜八郎は傳三郎の几帳面さを感じ取った。

罫線の入った下敷きでも当てて書いたかのように、きちんと行間が定まっている。一行あたりの文字数まで、数えながら書いているかのように整っていた。

さすがは近江屋さんだ……。

人材の厚さに感銘を覚えつつ、喜八郎は書状に目を通した。

「ご面識もいただいておりませぬ喜八郎様に、突然の書状を差し出す無礼をお許しください」

手紙はていねいな詫びから始まっている。

一行目を読んだところで、喜八郎は背筋を伸ばし、続きを目で追った。

「てまえどもの三番組組頭菊三郎、祐助とのご面談を申し入れられたと、菊三郎から聞かされました」

まことに勝手な頼みだが、菊三郎・祐助の両名に代わって、傳三郎が面談をさせてほしいと文面は続いた。

ついては三月二十六日の暮れ六ツに、江戸屋までご足労をいただけないか。

以上の趣旨が三枚の半紙に記されていた。

読み終えた喜八郎は、嘉介に渡した。

二度読み返してから、嘉介は手紙を喜八郎に戻した。

「組頭は、なぜよりにもよって傳三郎さんに聞かせたのでしょうか」

嘉介は判じかねるという顔つきである。

嘉介を前にしながら、喜八郎は目を閉じて黙考を続けた。思案が定まったあとは、はっきりとした物言いで考えを口にし始めた。

「さすがは本所深川の、両替商頂点に座す近江屋さんだ。奉公人個々の心構えが違う」

言い切ったわけの仔細を、嘉介に説明を始めた。

「千両、万両を扱う近江屋さんでは、瞬きひとつの間とて、気は抜けない」

以蔵さんの切っ先を鈍らせるためらいは、お店の土台を揺るがしかねない……喜八郎は嘉介を見詰めてこれを言った。

うちではおまえが大事だと、喜八郎は目の光で嘉介に伝えていた。

「組頭ともなれば、だれに事情を打ち明ければ難題を片付けられるか、判断を誤らない」

それができる手代を組頭に取り立てるだけの眼力を、二番番頭は備えている。

「以蔵さんの一件を始末できるのは、傳三郎さんしかいないと、組頭は肚を決めて臨んだに違いない」

近江屋組頭の判断力と眼力の両方を、喜八郎は評価した。

「近江屋さんとは大した額ではないが、うちも付き合いがある。嘉介さんとわたしの素性も届け出ている」

近江屋の組頭は損料屋から差し出した身上書を基にして、札差の大御所伊勢屋四郎左衛門との付き合いを読み取ったに違いないと、喜八郎は判じていた。

「両替商が一番忌み嫌うのは、金銭にかかわるつながりを求めたがる手合いだ」

喜八郎からの申し出を受けた菊三郎は、あらゆる手を尽くして調べたに違いない。

その結果、喜八郎は損得ではなく男気から以蔵に手助けを申し出てくれるのだろうと察した。

さらには以蔵の泣き所となる祐助の処遇についても、伊勢屋に手助けを頼んでくれるのではとの望みを、菊三郎は抱いただろう。

「伊勢屋さんとわたしが談判し、祐助さんを手代に引き取ってもらう。その思案を勧めるために面談を申し入れたと、菊三郎さんは読み解いた」

「なるほど。それで謎が解けました」

膝を打った嘉介は、自分なりの見当を喜八郎に聞かせ始めた。

「そんな話なら、とても以蔵さんに相談はできません。ふたりから話を聞かされた傳三郎さんは、お頭に会ってまことのところを確かめようと考えたのですね」

これなら傳三郎が喜八郎に会いたいと申し出たのにも得心がいく。

「お頭が江戸屋さんとわけがあることまで、傳三郎さんは聞き及んでいるんでしょうね」

わざわざ江戸屋に場所を定めたのも、喜八郎と女将の秀弥の間柄を聞き及んだからこそ……嘉介は自分が読み解いた見当に、確かな手応えを感じているようだ。

喜八郎は勝次を呼び入れた。

「二十六日の面談は承知しましたと、傳三郎さんにお答えしてくれ」

「がってんでさ」

勝次の返事は、棒手振ならではの威勢のよさだった。

「当日は嘉介とふたりでうかがいますと、これも傳三郎さんに伝えてくれ」

勝次に指図したあと、喜八郎は嘉介を見た。

「傳三郎さんはもっと深く読んでいるとわたしは思う。わたしの読みが合っているか否かは、明後日になれば分かる」

読みとはなにか。

喜八郎はその謎を残したままにした。


寛政五年の三月二十六日は、すでに立夏を迎えていた。

昨年（寛政四年）は、二月のあとに閏《うるう》二月を過ごした。一年が十三カ月だったのだ。

その流れで、今年は立夏が三月二十六日となった。江戸屋の仲居は、この日を境にお仕着せを着替えた。

青と紅色の朝顔を描いたお仕着せは、座敷にひと足早い夏を運んでいた。

江戸屋にとっては、近江屋は上得意先のひとつである。傳三郎と喜八郎・嘉介の座敷は、人目のない離れに構えられていた。

秀弥は傳三郎と喜八郎に等分のあいさつをくれて下がった。

傳三郎は秀弥の表情を見詰めていたが、下がったあとも喜八郎にはなにも言わなかった。

居住まいを正し、向かい合わせに座っている喜八郎を見た。

「先にてまえから話をさせていただきたいのですが、よろしいでしょうか？」

問いかけた声の調子は低かった。

以蔵より二歳年下の傳三郎は、上背が五尺六寸（約百七十センチ）ある。外回りが多く、日焼け顔だ。

引き締まった身体に、焦げ茶色に近い顔がよく似合っていた。

「もとより、そのつもりです」

喜八郎が即座に応じると、傳三郎はもう一度背筋を伸ばし、相手を見た。

「てまえどもの菊三郎と祐助から、折り入っての相談があると言われましたのは、二十二日の昼過ぎでした」

傳三郎は茶で口を湿してから話を始めた。

＊

その日、以蔵は頭取番頭伊右衛門の供で、日本橋駿河町の本両替に出向いた。

二番番頭は昼飯のあとで胃の痛みがひどくなり、平野町の医者を訪ねていた。

店にいた番頭は傳三郎ひとりだった。

「じつはてまえどもがお取引を頂戴しております蓬萊橋の損料屋さんから、お申し出がございまして……」

菊三郎は敬史郎がつないできた話を、傳三郎に聞かせ始めた。

祐助はわきで口を閉じたままだった。

「愚かにもてまえは、以蔵さんが抱え持っていた真の心痛には、思いが至っておりませんでした」

菊三郎は膝に載せた手をこぶしに握った。

「なんのことだ、それは」

問われた菊三郎は、答える前に口に溜まっていた固唾を呑み込んだ。

「以蔵さんの国許の母様は、明日をも知れぬ容態なのです」

菊三郎は思い切ってこれを明かした。傳三郎の顔色が大きく変わった。

「なぜおまえは、そんな大事を知っているのだ。以蔵さんがおまえに漏らしたのか」

当然ながら傳三郎は、きつい口調で問い質した。菊三郎は強く首を振ってから答えた。

「釜焚きの伝助さんから、一番組の敬史郎が聞かされたそうです」

返答にまるで得心できない傳三郎は、眉間に深い縦皺を刻んで菊三郎を凝視した。

「もっとわたしに、経緯《いきさつ》が呑み込める話をしなさい」

傳三郎の声が、強い尖りを帯びていた。

「申しわけございません」

丹田に力を込めた菊三郎は、ことの起こりから話を始めた。

「本件の端緒は損料屋の番頭嘉介さんが、以蔵さんの様子を、案じたことにあります」

傳三郎に強い目で見詰められながらも、菊三郎は明瞭な物言いで先へ進めた。

落ち込んでいた以蔵を案じた嘉介は、配下の棒手振に命じて敬史郎に接触させた。

手代から以蔵の様子を聞き出そうとしたくだりになると、菊三郎に当てた傳三郎の目が強い光を帯びた。

「敬史郎が担ぎ売りに、お店《たな》の事情を軽々と他言したというのか」

傳三郎の目が強い光を帯びた。菊三郎は目を逸らさずに続けた。

「結果はさようでございますが、決してぺらぺらと他言したわけではございません」

傳三郎は得心せず、さらに問いを重ねた。

「組頭でもない敬史郎ごときが、なぜ以蔵さんのそんな大事を知っていたのだ」

傳三郎はめずらしく語気を荒らげた。

「先にも申し上げました通り、釜焚きの伝助さんから聞かされました」

以蔵は伝助に、苦しい胸中を吐露した。

「到底、他言できることではございませんが、伝助さんは敬史郎の持つ男気を頼りに仔細を明かしたのだと申しております」

菊三郎は伝助からも敬史郎からも、すでに聞き取りを終えていた。

「とにかく最後まで、おまえの話を聞こう」

口を挟まずに聞くと告げた傳三郎は、菊三郎に先を続けさせた。

＊

伝助から以蔵の重たい事情を聞かされて悶々としていた敬史郎に、担ぎ売りの勝次から声がかかった。気分を変えるつもりで呼び出しに応じたら、損料屋の番頭が以蔵を案じていると勝次から明かされた。

損料屋の当主喜八郎が、蔵前の伊勢屋四郎左衛門と昵懇らしいことも耳にしていた。

その損料屋の番頭が以蔵を案じていたのだ。すがる思いで、勝次に事情を話した。

敬史郎の願い以上の動きがあった。

当主の喜八郎が菊三郎、祐助との面談を求めている旨、勝次から返答があった。

敬史郎からことの次第を聞かされた菊三郎は、初めて以蔵の心痛の深さを知った。

菊三郎は念を入れて伊勢屋四郎左衛門と喜八郎とのかかわりを調べた。うわさは真だった。

喜八郎なら、以蔵の手助けをしてくれるかもしれない……。

そう思い定められたところで、思い切って傳三郎に打ち明ける決心がついた。

菊三郎はいささかも省かずに、ここまでの顚末を話し切った。

「以蔵さんのために、喜八郎さんは一肌脱ぐおつもりに違いありません。祐助の奉公口を伊勢屋さんご当主にお願いすることで、以蔵さんの気持ちを楽にできると考えておいでなのでしょう」

その話を聞くために喜八郎と会うべきか否か。

「番頭さんにご判断いただきたく存じます」

菊三郎と祐助が深くあたまを下げた。

優に三百を数える間、傳三郎は黙したままだった。

その間、ふたりはあたまを下げ続けた。

「祐助」

菊三郎と祐助は同時に顔を上げた。

「おまえにひとつ、確かめたいことがある」

傳三郎は祐助の目を強く見詰めて言い渡した。

祐助は丹田に力を込め、背筋を張って深くうなずいた。

「おまえはうちから暇をいただき、よそさまにご奉公をする覚悟ができているのか？」

「できてございます」

迷いのない返事が祐助の口から出た。

「なぜ、よそさまに移ろうと思うのだ」

問い質す傳三郎の声には、鋼《はがね》でも突き通す鏨《たがね》のような堅さがあった。

「このままお店にご奉公を続けていては、江戸親の以蔵さんに迷惑をかけるばかりです」

以蔵さんの二番番頭も目の前にある今、お暇を戴くのが一番だと考えますと祐助は答えた。

「以蔵のために奉公先を変えるというのか」

素《す》に返った傳三郎は年上の以蔵を呼び捨てにした。

改めて問われた祐助は、ひと息をおいてから「さようでございます」と答えた。

「思い上がるんじゃない！」

小声だが、傳三郎の叱責は祐助の胸板を突き抜けた。

同席している菊三郎も、自分が叱られたようなこわばった表情になっていた。

「おまえの振舞いなどいかにあれ、以蔵の値打ちはびくともするものじゃない。よそさまに移ったところで、以蔵の気持ちは楽にはならない」

きつい言葉で心得違いをたしなめたあと、傳三郎は口調を変えた。

「おまえも菊三郎も、本気で以蔵のことを思っているのか」

「思っております」

ふたりが声を揃えて、強く言い切った。

「その言葉に偽りはないか」

「ございません」

さらに強い口調の返事が揃った。

大きな息を吐き出してから、傳三郎は祐助を見詰めた。

「おまえは以蔵のために、汚れ役を買って出る覚悟はあるか？」

「汚れ役とは、どんなことでしょうか」

祐助の物言いがわずかに揺れ始めた。

「泥をかぶって、以蔵に陰から力を貸すことだ」

傳三郎の答えを聞いたあと、祐助は束の間、顔を伏せた。が、すぐにまた傳三郎を見た。

「そうすることで、以蔵さんの役に立てるなら、てまえにはなんの異存もございません」

祐助は吹っ切れた物言いで応えた。

「てまえにも、どんなご用でも申しつけください。祐助ひとりに汚れ役を押しつけることはできません」

菊三郎の返事も正味だった。

「二十六日に、喜八郎さんと会ってみる。先様の話に得心がいけば、この件を進める」

それまでおまえたちの身はわたしに預けてもらうが、それでいいかと傳三郎は確かめた。

「よろしくお願い申し上げます」

八畳間の畳に、ふたりともひたいを押しつけた。

「言うまでもないが、ここだけの話だぞ」

「うけたまわりました」

顔を伏せたまま、ふたりは答えた。

*

「ここまでが、てまえどもが考えた筋書きです」

両手を膝に置いた傳三郎は、静かな目で喜八郎を見詰めた。傳三郎の日焼け顔を、離れ座敷の百目ロウソクが照らしていた。

「喜八郎さんなら、もっと深いところまでお考えだと拝察しております」

傳三郎は謎をかけるような目を喜八郎に向けた。

「傳三郎さんが言われた、汚れ役にかかわることですね？」

「その通りです」

短く答えた傳三郎は、強くうなずいた。

「わたしも同じことを、つけのぼせを考えておりました」

「やはりそうでしたか」

傳三郎の顔に、初めて安堵《あんど》したような色が浮かんだ。

「それなら喜八郎さん、祐助のことはてまえにお任せください」

頭取番頭に次第を正直に話したうえで、かならずことを成就させます……傳三郎の口調からは身体を張る決意がうかがえた。

「喜八郎さんにお願いしたいのは、祐助の身の振り方です」

日焼け顔の目が強い光を帯びた。

喜八郎は真正面からその目を受け止めた。

「伊勢屋さんでも米屋《よねや》さんでも、祐助さんが望む店にかならず引き受けてもらいます。どちらも蔵前では名の通ったお店です」

喜八郎の返事にも、いささかの揺るぎもなかった。

「米屋さんともお付き合いをお持ちでしたか」

傳三郎はいま初めて知ったらしい。

パンパンッ。

手を叩いた音の調子に、傳三郎の安堵した思いが乗っていた。

離れの入り口に控えていた仲居が立ち上がり、お仕着せの裾を直していた。

五

三月二十九日、朝の五ツ（午前八時）前。

この日も夜明けから大きな天道が昇った。五ツの手前には仲町の辻に立つ火の見やぐらに、まだ赤味の残っている強い朝日が当たっていた。

近江屋は火の見やぐらの辻向かいである。

朝日を浴びたやぐらの黒板は、眩く見える。晴れた朝、店先を掃除する小僧たちは火の見やぐらの美観に見とれた。

「やぐらが光って見える朝は、その日一日ずっと晴れるよ」

八人いる小僧のひとりが、掃除の手を休めてやぐらを指差した。

「空は晴れてるけど、今日は大変だよ」

同い年の小僧は竹ぼうきを器用に動かして、ほうきの目を立てた。

「朝の店先には、きれいなほうきの筋をつけるのが大店の値打ちだ」

手を休める小僧を戒めるのは、二番番頭の役目である。

「目の立て方が分からなかったら、祐助にききなさい。いままでの小僧のなかで、一番きれいな目立てをしたのが祐助だ」

番頭は決まり文句のように、毎朝祐助を引き合いに出した。

しかし二十九日の朝は、番頭は祐助の名を口にしなかった。

丁稚小僧たちにも、そのわけは分かっていた。いらぬ小言を食わぬように、小僧ふたりは竹ぼうきを動かし続けた。

近江屋の頭取番頭には、調度品の調った十二畳の執務室が与えられている。

違い棚を背にして座っている伊右衛門の前には、以蔵と祐助が並んで座していた。

「たとえ一両のことでも、両替商のうちでは断じて見逃すことのできない不祥事だ」

伊右衛門の前で、祐助は五尺五寸（約百六十七センチ）の身体を縮ませて座っていた。

祐助の隣には以蔵が並んでいる。以蔵はすべての責めを負うとばかりに、いつも以上に背筋を伸ばしていた。

「うちの稼業では、店のカネに手をつけたものは問答無用でつけのぼせが決まりだ」

伊右衛門は以蔵に目を移した。

「このたびばかりは、おまえにも祐助をかばい立てすることはできない」

「分かっております」

以蔵は背筋を伸ばしたまま答えた。

「祐助の江戸親はおまえだ。カネの不祥事をおかした者は、もはや一日たりとも近江屋には置いておけない」

ひときわ厳しい物言いで伊右衛門が告げたとき、永代寺が五ツの捨て鐘を撞き始めた。

「ただちに旅立ちの支度を始めて、四ツ（午前十時）までにはここを出なさい」

分かったかと、伊右衛門は祐助に問うた。

「申しわけございません」

祐助は涙声で返答した。

伊右衛門は目を以蔵に戻した。

「おまえの留守中は傳三郎に三番組も見させるが、異存はないか」

「ございません」

以蔵はきっぱりと答えた。

物言いには、傳三郎の器量を信頼している響きがあった。

「お店にご迷惑をかけぬためにも、一日も早く江戸に戻ってまいります」

以蔵が先を話そうとしたら、伊右衛門がそれを遮った。

「おまえの日頃からのしつけがよく、手代たちの働きぶりにはなんの問題もない」

伊右衛門は祐助を見た。

「この祐助にしても、陰ひなたなく働く姿は、旦那様も高く買っておられた」

たまたま近江屋と祐助とは、仕事の相性がよくなかったということだ……伊右衛門がこう言うと、祐助は嗚咽を漏らした。

「見苦しいぞ、祐助。おまえにはこの場で泣く資格などない」

以蔵の祐助に対する物言いは、いままでになく険しかった。

「申しわけございません」

祐助が詫びても、以蔵は目を合わせようとはしなかった。

ふたりのやり取りの区切りで、伊右衛門がまた話を始めた。

「おまえは来月の今日、四月二十九日に帰ってくればいい。一日でも早く帰ろうなどとは考えず、四月二十九日に帰ってきてくれ」

伊右衛門は江戸入りの期日を念押しした。

「うけたまわりました」

以蔵の返事には、いつもの張りが薄かった。

もはや自分には、二番番頭昇格の目はなくなった。それゆえに、つけのぼせに付き添いながら、江戸入りを慌てるなと念押しされたのだと、以蔵は考えたのだ。

返事に威勢が薄いのも、落胆したがためと、伊右衛門にも映った。

「これは大事なことだ、よくよく聞いておいてもらおう」

伊右衛門は以蔵を見る目の光を一段と強くした。

以蔵も膝にのせた両手をこぶしに握った。

「祐助がおかした不祥事は、おまえの目が行き届かなかったからではない。祐助の甘さ、言葉を替えれば度の過ぎたお人好しぶりが不祥事をおこしたに過ぎない」

二番番頭昇格の資格比べには、毛髪一本の障りもないと伊右衛門は断言した。

祐助は得意先から預かったカネを持ち帰る途中で、母子四人連れの乞食に出会った。

自分も三人兄弟である祐助は、その母子を見て足が止まった。もう幾日も食べていないのが、こどもの歩み方で分かったのだ。

「これでなにか食べなさい」

預かったカネのなかから、小粒銀六十粒（二両相当）を乞食に恵んだ。

金貨を渡したりしたら、たちまち盗んだのだろうと怪しまれてしまう。

小粒銀なら、身なりの貧しい者でも遣うことができる。そう考えて祐助は恵んだ。

近江屋に戻ったとき、たまたま以蔵は外出していた。祐助は二番番頭に事情を話し、給金で相殺してほしいと願い出た。

義蔵の顔色が変わった。

「よりにもよって、集金のカネに手をつけるとはなんたる愚か者か！」

二番番頭は直ちに伊右衛門に次第を報告した。

もしも以蔵がその場にいたなら、祐助の不祥事を助ける手立てもあっただろう。

すべての成り行きが、以蔵の手の届かないところで運んでしまった。

伊右衛門の叱責にもあった通り、両替商の奉公人が店のカネに手をつければ即刻、つけのぼせの沙汰となる。

つけのぼせとは、不祥事をおかした奉公人を引き連れて、番頭がその者の在所まで送り届けることをいう。

以蔵と祐助は、琵琶湖畔の同じ漁村が在所である。

この期に及んでは、もはや祐助を在所に送り返すほかはなかった。


四ツの鐘が鳴り出す前に、以蔵と祐助は旅立ち姿で勝手口にいた。

だれもいない板の間に頭取番頭の伊右衛門が立っていた。

伊右衛門の足下には、荷物が山積みになった背負子が用意されていた。

「おまえには難儀をかけるが、つけのぼせは近江屋の大事な決め事だ。道中を急がず、今夜は品川宿に泊まりなさい」

伊右衛門の指図を、以蔵は顔を赤くして拒んだ。

「物見遊山ではありません。いまから足を速めれば、川崎の先まで行けます」

「分かってはいるが、これはわたしではなく、旦那様からのお指図だ」

品川宿に泊まるようにと命じたあと、伊右衛門は背負子を前に出した。

「急なことで、おまえを長い旅に出すことになった。これは旦那様からおまえの実家への土産物だ」

道中は若い祐助に背負わせればいいと伊右衛門が言うと、祐助がさっさと背負った。

当主と番頭の心遣いに、以蔵は不覚にも涙を落とした。

つけのぼせで近江屋を出される祐助と、付き添い役以蔵の旅立ちである。見送る者とてなく、ふたりは勝手口から外へと踏み出した。表の通りに出たあと、祐助は角の雑穀問屋横で歩みを止めた。

以蔵は厳しい顔つきだったが、祐助の好きにさせた。

どの商家もすでに商いが始まっていた。雑穀問屋の店先には、雑穀の詰まった大型の俵が積み重ねられていた。

その陰に身を置いた祐助は、近江屋を見た。

小僧たちは八人とも竹ぼうきを手にして、すでにほうき目の立っている店先で、懸命にほうきを使っていた。

三番組の手代たちは今朝に限って、店先で立ち仕事に精を出していた。そんな手代を督励するかのように、二番番頭の義蔵が土間の内に立っていた。

細かなところでは、いつもとはお店の様子が違っていた。が、見慣れた朝の光景でもあった。

祐助にはこれで見納めである。

十二年仕えてきた主家への感謝を込めて、深々とこうべを垂れた。深い息を吐いて姿勢を戻した祐助の背後に、以蔵が詰め寄った。

以蔵も店先を見ていた。しかし祐助とは異なり、表情は険しかった。

「行くぞ」

怒りすら感ぜられる物言いで、祐助を俵の陰から引き離した。

近江屋の飼い犬クマは、だれよりも祐助になついていた。

ワンッ、ワンッ。

二度吠えて、祐助に別れを告げていた。

六

以蔵と祐助が、永代橋を渡ろうとしたとき、

「番頭さあぁん」

丁稚小僧の鶴松《つるまつ》が声を張り上げながら追いかけてきた。

足を止めた以蔵に、鶴松は荒い息を繰り返しながら駆け寄った。

「頭取番頭さんから、これを言付かってきました。番頭さんと祐助さんの、品川宿の旅籠《はた》切手《ご》(宿泊券)だそうです」

小僧は近江屋の紋が描かれた封筒を以蔵に手渡した。のり付けされていないのは、小僧の前で中身を確かめさせるためだ。

以蔵は振り分け荷物を地べたにおろし、封筒の中身を確かめた。

旅籠切手二枚と、分厚く膨らんだ小型の封筒が収まっていた。

小僧はちらりと祐助を見てから、受取を差し出した。

「ごくろうさん」

署名をした受取と、四文銭二枚の駄賃を小僧に手渡した。

「道中、お気をつけて」

甲高い声で告げてから、鶴松はいま来た道を駆け戻っていった。

品川宿　角海老。

旅籠の名に覚えのない以蔵は、祐助に問いかけようとした。が、その言葉を途中で呑み込んだ。

祐助と親しく口をきく状況ではないと、思い留まったのだ。

「行くぞ」

振り分け荷物を担ぎ、尖った声で告げた以蔵は、先に立って歩き始めた。

＊

泉岳寺《せんがくじ》の近くで正午になった。高輪の大木戸まで十町もない。大木戸をくぐった先が品川宿なのだ。

あるじの指図で、しかも旅籠切手まで手渡されたのだ。泊まらざるを得ないが、宿に入るにはまだ陽が高すぎる。

「蕎麦でも食うか？」

「いただきます」

祐助が明るい声で応えた。

「ばか野郎、お里帰りの楽しい旅じゃないんだ。食ってもいいが、自分で払え」

厳しい声を投げつけた以蔵は、さっさと泉岳寺門前の蕎麦屋に入った。背負子の重さに足を取られつつ、祐助はあとに続いた。

今月は小の月で、今日が月末である。商いで忙しいのか、泉岳寺参詣客はほとんどいない。蕎麦屋も時分どきだというのに、店は坊主（客なし）に近かった。

「なににしますかあ？」

愛想のかけらもない女が注文を取りにきた。

「かけをもらおう、蕎麦で」

「うちは蕎麦しかやってません」

仏頂面で応じた女は、祐助には笑顔を見せて注文を訊いた。声の調子まで愛想のよさに充ちていた。

「しっぽくはできますか？」

「うちは、それが自慢ですから」

祐助の肩をポンと叩いた女は、弾んだ声でしっぽくを通し、ついでのようにかけ蕎麦を伝えた。

「おれがかけ蕎麦を注文したんだ、少しはおれに遠慮しろ」

祐助の心得違いを叱ってから、以蔵は分厚い封筒の口を開いた。

さまざまな半紙が重なり合っており、一番上には伊右衛門の手紙があった。

「なんだって！」

伊右衛門の手紙を数行読んだところで、以蔵は裏返った声を漏らした。

祐助は知らぬ顔を決め込み、壁の品書きを端から順に目で追っていた。

呟き込むような調子で、以蔵はすべての手紙を読み続けた。かけ蕎麦が出来上がってきても、見向きもしなかった。

伊右衛門の手紙は、ことのまことを種明かししていた。

在所では祐助はつけのぼせで帰すのではなく、以蔵と一緒に里帰りを許されたのだと告げるように。

時季外れの里帰りの理由は、祐助の新たな奉公先が決まったからだ。

これは祐助の大きな手柄だと伝えてもらって構わない。

祐助はおまえと一緒に江戸に戻ったあとは、蔵前の札差・伊勢屋四郎左衛門様に手代として奉公が決まっている。

これを機会に、伊勢屋様からはてまえどもとお取引を頂戴できることになった。

窓口は祐助とするそうだ。

伊右衛門の手紙は、抑えが効いていた。

傳三郎の手紙は以蔵を気遣っていた。

道中気をつけて旅を続けてほしい。帰ってきたあとは、二番番頭目指して真っ向勝負だと宣告していた。

三番組の手代たちは以蔵の母の安否を気遣いつつ、道中の無事を願っていた。

読み終えた以蔵は、祐助ににじり寄った。

「おまえは、なんてことを……」

あとは言葉にならず、祐助の肩に手をのせて、込み上げてくるものを堪えていた。

勢いをつけて立ち上がると、深い息を三度繰り返して気を静めた。落ち着きを取り戻したら、さまざまなことが見えてきた。

いつになく、手代たちが群れるようにして立ち働いていた。なかでも外回りの三番組が、今朝に限っては店先で用をこなしていた。

雑穀俵の陰から目にした小僧の様子をも、いまは細部まで思い返すことができた。

すでに商いが始まっていたのに、小僧たちは店先にほうき目を立てていた。

丁稚小僧時代の祐助は、仲間のだれよりもほうき目の立て方が上手で、美しかった。

いまでも祐助は折あるごとに、八人の小僧に竹ぼうき使いの稽古をつけていた。

お店を去る祐助に、あの子たちなりの名残を伝えようとしていたのか……そう察した刹那、以蔵はさらにあることに思い当たった。

土間の内に立っていた二番番頭が、小僧たちに掃除を許したのだ、と。

店先のほうき目立ては、本来ならすでに終わっていたはずだ。店に暇乞いを告げる祐助が、どこかで見ていると確信した二番番頭が、小僧たちに掃除の許しを与えたのだ。

以蔵を母の元に帰すために、近江屋のだれもが少しずつ、力を貸してくれていた。

「旦那様までもが……」

以蔵は胸の内の思い返しを詰まらせた。

まさに当主みずから、近江屋の決め事にかぶせ物をして、以蔵を送り出してくれていた。

損料屋の嘉介も動いてくれた。さらには一面識もない喜八郎と伊勢屋四郎左衛門まで、つけのぼせに力を尽くしてくれていた。

以蔵の前にはきまりわるそうな顔をした祐助が座っていた。

このたびの仔細を呑み込むほどに、ひとさまの篤い情けを嚙み締めることになった。

なによりも、みずから泥をかぶってくれた、この祐助が……以蔵はあらためて祐助に目を向けた。

以蔵の気づかぬところで、男に育っていた。

「お客さん、かけ蕎麦がのびちゃうよう」

女の声は相変わらず無愛想だった。

＊

「角海老といえば、南（品川宿のこと）でも大見世《おおみせ》で通っている」

江戸屋の離れで差し向かいに座っている伊勢屋四郎左衛門は、喜八郎に話しかける声の調子を高くした。

江戸城から見て吉原は北、深川は辰巳、品川は南の方角である。ゆえに粋人たちは吉原を「北国《ほっこく》」、深川を「辰巳」、品川を「南」と呼び慣わした。

遊びにかけては、だれにも後《おく》れを取らない伊勢屋である。品川宿の角海老にも深く通じていた。

「あの見世なら、まだ陽が高いうちから大事に遊ばせてくれるだろう。近江屋のご当主は、大した粋人だ」

近江屋の当主・番頭・手代たちが示したこのたびの計らいを、伊勢屋はことのほか高く買っていた。

角海老の旅籠切手は、遊びの費《つい》えには限りをつけないという、飛び切り上等の青天井切手だった。以蔵と祐助のふたり分である。

我が身を差し出して以蔵の帰郷を実現させた祐助と、それほどまでに部下に慕われている以蔵。

このふたりを労《ねぎら》うために、近江屋当主は青天井切手を張り込んでいた。

「うちに来てもらうのは四月二十九日でよろしいな？」

「結構です」

即答した喜八郎に、伊勢屋は徳利を差し出した。が、カラになっていた。

秀弥は素早く立ち上がり、代わりを運んできた。伊勢屋好みの熱燗である。

秀弥が膳に置くなり、伊勢屋はもう一度徳利を差し出した。

「祐助という手代は年若いのに、なんとも見上げた男だ。そんな得難い者をうちに世話してくれるあんたには、大きな借りができた」

伊勢屋は真顔で喜八郎に礼を言い、手酌で自分の盃を満たした。

「お礼代わりというわけじゃないが、いまごろ以蔵さんと祐助さんが夢心地になっている角海老に、あんたを招かせてくれ」

言ってから伊勢屋は、秀弥がまだ下がらずにいることに気づいた。

「いやはや、今夜の酒の美味いこと」

伊勢屋がきまりわるそうに言うと、
スコーン
鹿威《ししおど》しが調子を合わせた。

仲町のおぼろ月

一

大横川と海がぶつかる根元にある佃町は、海釣り漁師が暮らす町である。多七《たしち》が船頭を務める元五郎丸《げんごろうまる》は、船足の速さと大きな生け簀《す》が自慢の漁船だ。

「今日は四ッ（午前十時）から、地鎮祭《じちんさい》を控えているんだ。請け負った真鯛五尾を、なにがなんでも揚げるぜ」

出漁の支度を調え終えた多七は、魚釣り役とかしき（漁船の炊事番）のそれぞれに声を投げた。

「真鯛釣りならまかせてくだせえ。親方の次は、このおれですぜ」

「おいらもしっかりやりやす」

右舷に立った弦助《げんすけ》と洋兵《ようへい》が弾んだ声で多七に言った。

まだ昇り始めたばかりだというのに、今朝の朝日には力強さがある。洋兵にようやく生え始めた無精髭の一本一本まで、天道は赤い光で照らしていた。

「おめえたちの支度ができたら、そう言ってくれ」

自分の支度をすっかり終えている多七は、使い慣れた長い棹《さお》を手に取っていた。

弦助は生け簀に目をくれた。真鯛釣りに使う小エビが生け簀の底にかたまっている。

「おいっ」

弦助は洋兵にあごをしゃくった。

「へいっ」

威勢よく応えた洋兵は、ひしゃくで生け簀の水をかき回した。かたまっていた小エビの何匹もが水中で跳ねた。

餌が達者なのを確かめた弦助は、多七に向かって右手の親指を立てた。

「おうっ」

短く応じた多七は、長さが二間半（約四・五メートル）の棹を大横川に突き立てた。棹が川底にぶつかり、元五郎丸が動き始めた。

今日は今年の夏至である。いつも以上に元気のいい朝日が川面を照らしている。日の出直後の光を浴びて輝いている川面を、元五郎丸の舳先《へさき》が割って走っていた。桟橋から漁船が離れると、多七は櫓《ろ》に持ち替えた。

ギイッ、ギイッ、ギイッ……。

次第に櫓を漕ぐ調子が早くなっている。舳先が左右に裂いている水は、すでに海水に変わっていた。

「どうやらあの土地（深川の旧火除け地）にも、やっと道がついたな」

舳先に立った多七は、前方に広がる空き地を指差していた。

漁に出るときは、ここを過ぎれば釣り竿の支度を始めた。

帰りは海から空き地が見えたところで、帆を畳むように言いつけた。

火除け地が他所《よそ》に移されて以来、長らくここは野草の生い茂った空き地だった。多七は茎の長い野草の群れを見ることで、気持ちの切り替え場所としていた。

「どう使われるかはわからねえが、深川《ここ》の役に立ってくれりゃあいい」

草もすっかり刈り取られるだろう。

漁の縁起に障らぬ、佳き目印になってくれますように……と、空き地を見ながら強く願っていた。

五ツ半（午前九時）に桟橋に戻ったとき、元五郎丸の生け簀には尺ものの真鯛五尾が泳いでいた。

＊

三日前、寛政五年の五月十日も、深川は朝早くから真夏だった。

十日と二十日は、月に二回しかない漁休みの休日だ。

休みの朝は庭がすっかり明るくなっても、寝床のなかでぐずぐず過ごす。これが多七にはとっておきの楽しみだった。

布団に腹ばいになり、キセルに一服を詰めた。この一服の美味さを満喫することで、今日が漁休みだと改めて嚙みしめるのだ。

ふううっ。

吸った煙を惜しみながら吐き出しつつ、一日の過ごし方をあれこれ思案した。

このところ晴天続きで、庭の土がすっかり乾いていた。鉢植えのままの朝顔も、どこか元気がない。

庭の手入れと朝顔の世話を昼飯まで続ける。

井戸水で冷やしたそうめんを昼に食おう。糠床の底に隠れているナスときゅうりの古漬けを刻み、生姜をおろしてまぶす。

せっかく生姜をおろすなら、厚揚げを焼いて生姜醬油で味わうのもいい。

昼飯のあとは佐賀町から乗合船で両国橋西詰めに出よう。唐人の軽業《かるわざ》が面白いと、魚河岸の若い衆が盛んに売り込んでいた。

軽業を女房と楽しんだあとは、茅場町に足を伸ばして岡本に上がろう。白焼きと灘酒を楽しんだあとは特大の蒲焼きと、たっぷりタレのかかったうなぎ飯だ……。

あれこれ考えているうちに、多七は立て続けに四服を吸っていた。

いつもより一刻も遅く、五ツ（午前八時）に朝飯を終えた多七は、寝床のなかで思い描いた通りに庭の手入れを始めた。

しかし緑の蔓が巻き付いた朝顔の棚を取り替えようとしたとき、不意の来客があった。

「本所の堂島屋《どうじまや》さんという問屋の番頭さんだそうだけど……」

女房おみつの声がくぐもっていた。月に二度しかない休みの邪魔をされるのを多七が嫌うことを、おみつは充分にわきまえていた。

とはいえ客は玄関先で待っているのだ。

「用向きはなにか、おめえに言ったのか？」

「今度の夏至の日に、真鯛を五尾、どうしても揚げてほしいそうなの」

おみつは多七より二歳年下の三十五である。子宝に恵まれておらず、物言いにも立居振舞いにも、いまだ祝言を挙げた十年前の娘ぶりが残っていた。

「出直していただこうかしら」

「ここまで来ちまったんだ、いまさら追い返すこともできねえだろう」

庭に入れろと言い渡した多七は、茶の支度を言いつけた。

おみつの案内で、客は庭から入ってきた。

四ツの鐘を聞きながら、おみつは庭の戸を閉じた。

「てまえは本所竪川《たてかわ》に店を構えております、よろず問屋堂島屋の二番番頭で、伊五郎《いごろう》と申します」

問屋の二番番頭には似つかわしくないほどに、顔は日焼けをしていた。

「立ち話てえわけにもいかねえやね」

多七は濡れ縁に座れと勧めた。数日の晴天続きで、縁側はすっかり乾いている。

「それではお言葉に甘えまして」

夏羽織の裾をたくしあげて、伊五郎は濡れ縁に座した。多七も並んで腰かけた。

「佃町で一番の真鯛獲りはだれかと訊ねましたところ、魚河岸の若い衆は即座に多七さんの名を挙げられました」

伊五郎は追従《ついしょう》ではなく、正味の物言いだ。

「どこの若い者が、そんな根も葉もねえことをおたくさんに吹き込みやしたんで?」

多七は乱暴な物言いをした。それを照れ隠しだと察したのだろう、伊五郎は問いには答えずに話を変えた。

「てまえどもは御公儀から佃町の元の火除け地二千坪を下げ渡されました」

伊五郎が言い及び始めたとき、おみつが茶を運んできた。

「あすこを買って、四方に杭を打ってたのは、おめえさんところだったのか」

驚きの甲高い声を発する多七の前に、おみつは麦湯の注がれた湯呑みを置いた。続けて伊五郎にも麦湯を供した。

たとえ客であろうが、船頭の多七から先に茶を供するのがこの家の流儀だった。

「火除け地がどうかしたの?」

亭主と客の会話に、おみつは不作法を承知で割って入った。

「こちらのお店《たな》が、うちらのあの火除け地を買われたんだそうだ」

多七はおみつを咎めもせず、自分の口で言い足した。

「てまえどものあるじは、あの火除け地の跡地を、深川のみなさんの暮らしに役立つように使うのだと申しております」

伊五郎は多七とおみつを等分に見ながら話したあとで、湯呑みをすすった。

「まことに結構な麦湯です」

美味さを何度も褒めたあとで、伊五郎は訪ねてきた用向きを話し始めた。

「てまえどもに出入りをしている空見師《そらみし》が申しますには、十三日の夏至の日も朝からきれいに晴れるそうです」

一年で一番昼間が長くなる夏至の日なら、地鎮祭を執り行うのは縁起がいい。

ついては地鎮祭の祭壇に供える真鯛五尾を、土地の漁師の手で水揚げしていただきたい。

「本日（五月十日）は壬寅《みずのえとら》の日で、真鯛釣りのお願いに上がるには一番の日だと空見師が申しております」

なにとぞ真鯛五尾を釣り上げていただきたいと、両手を膝に載せて伊五郎は頼みを口にした。

「うちらの暮らしの役に立つようにとは、いったいどんなことを始めなさるんで？」

濡れ縁に腰をおろしている多七は、半身を乗り出して問うた。

「仔細はあるじが胸の内に仕舞っておりますもので、てまえには察しようがありません」

伊五郎は、ただのひとことも漏らさなかった。その代わりに法外な買値を多七に示した。

「なにしろ縁起物でございますので、魚の大小にはかかわりなく一尾一両、しめて五両で買い取らせていただきます」

支度もあるだろうからと言い添えた伊五郎は、半紙に包んだ半金二両二分を差し出した。

目の下一尺もある真鯛でも、日本橋の魚河岸に卸《おろ》す値はせい一杯の高値でも二朱（十六分の二両）止まりだろう。

大きさにかかわりなく一尾一両という買値は、途方もない高値だった。

「江戸で一番の真鯛獲りの親方を見込んでのお願いでございます。なにとぞ、お引き受けください」

伊五郎は濡れ縁からおりて、多七にあたまを下げた。

思いがけない成り行きに、おみつは強く口を閉じて多七を見ていた。

ふうっと大きな息を吐き出してから、多七も濡れ縁からおりた。そして天道が居座っている空を見上げた。

目を伊五郎に戻したとき、多七は眩しさの名残ゆえか両目を何度もしばたたいた。

「分かりやした」

多七は伊五郎との間合いを一歩詰めた。伊五郎が背筋を伸ばした。

「おたくの空見師さんが言う通り、この晴れは十三日までもつにちげえありやせん」

夏至の朝は飛び切りの鯛釣り漁師を助っ人に乗せて、しっかり五尾を釣り上げてくると請け合った。

「あるじも、さぞかし喜びます」

伊五郎は深くあたまを下げた。

この日、多七はおみつと両国橋西詰めで軽業を見た。五割増しの木戸銭を払い、最前列でおみつと並んだ。

岡本では白焼きを一皿ずつ誂えて、灘の下り酒で前祝いをした。

蒲焼きの載ったうなぎ飯には、肝吸いまで注文した。

岡本からの帰り道は猪牙舟《ちょきぶね》を仕立てた。

十日の月は、大きく丸く膨らんでいた。

二

五月十三日の地鎮祭翌日から、堂島屋は一気に作事を始めた。

旧火除け地に近い船着き場は黒船橋の南岸である。大小さまざまな荷物船とはしけが、明け六ツ直後から七ツ（午後四時）まで、ひっきりなしに横付けを繰り返した。

「荷揚げを済ませたら、とっととと船をどけてくんねえ。あとがつっかえてるからよう」

横付けの順番を待つ荷物船の船頭は、錐《きり》の先のように尖《とが》った声を投げつけた。

はしけも荷物船も、荷揚げした量がその日の実入りとなるのだ。一貫でも多く荷揚げをしたい船頭や仲仕《なかせ》（荷揚げ人足）の物言いは、常に荒々しかった。

荷揚げの初日は見物の住人が、船着き場から旧火除け地に続く往来の両側を埋めた。

前日に首尾よく真鯛五尾を納めた多七・弦助・洋兵の三人も、漁を終えたあとは道ばたで荷車の列を見ていた。

「さすがは真鯛一尾に一両を払ってくれた堂島屋さんだ。荷揚げも飛び切り威勢がいい」

多七は心底、堂島屋の羽振りのよさに感心していた。

深川に暮らす者に役立つための普請。

町の肝煎《きもいり》からそれを聞かされていた住人たちは、親しみを込めた眼差しで荷車の隊列を見ていた。

二千坪もの広大な土地に、いったいなにができるのか？

始めは興味津々で荷車の隊列を見ていた。最初に仕上がった建物は、作事人足が寝泊まりする飯場だった。

土地は存分にある。普請の簡単な平屋の飯場三棟が真っ先に造作された。

飯場造作と同時に井戸が掘られ、かわやが設けられた。

作事に従事する人足や職人は優に百人を超えていた。そのなかの四十人ほどが飯場で寝泊まりを始めた。

初日に荷揚げの荷車隊列を目にした一膳飯屋や小料理屋、縄のれんの面々は、ごっそりと客が増えるに違いないと小躍りした。

商家の手代たちは、競い合って作事場を訪れた。

しかし揉み手で売り込む手代を見ても、差配は返事もしなかった。

五月の下旬になると深川のあちこちから、腹立ちの声が噴き出し始めた。

それも道理で、堂島屋は作事に使う道具も材料も、人足・職人が毎日口にするものまでも、ほとんどを他所から運び込んでいたのだ。

「今日もまた、ありったけのモノを本所から運び込んできやがるんだぜ」

「土地のひとの役に立ちてえなどと、どの口で言ってやがるんでえ」

「これじゃあちっとも深川は潤わねえ」

一膳飯屋も縄のれんも、五月十五日には様子がおかしいと感じ始めた。

昼飯時になっても、ただのひとりの人足も職人もメシを食いに出てこないのだ。

客が増えるに違いないと判じて仕入れを増やした一膳飯屋は、売れ残った焼き魚を見てあたまを抱えた。

さらに日が過ぎても事情はまったく変わらない。三度のメシは普請場の全員が、敷地内の賄い場で摂っていた。

しかもメシの支度に使う米も食材も調味料も、すべてを本所から運び入れた。野菜や魚は、毎朝明け六ツの鐘と同時に普請場に搬入された。

真水は水売りから買い求めるのが深川の暮らしである。

ところが堂島屋は自前の水船で、毎日十石（約千八百リットル）もの真水を道三堀の水汲み場から運んできた。

あてが外れた水売りは、普請場の前で大きな舌打ちをした。

酒は本所の酒屋が受け持っていた。江戸地酒の隅田川と白髭誉の薦被《こもかぶ》りを、三日おきに荷車で運び入れた。

使えば汗が染みこむのが布団だ。手配りの面倒な品に限り、堂島屋は深川の損料屋を使っていた。

深川のひとの暮らしに役立つことをする。

地鎮祭で堂島屋が言いふらしたこととは、まるで逆の成り行きである。土地の商家にも小商人にも、そして大工などの職人にも、一文の恩恵も与えない徹底ぶりだった。

なかでも堂島屋の意図が際立っていたのが作事に使う材木と石だった。

深川には木場がある。大量の材木を使う大きな作事なら、木場の材木商から仕入れるのが一番確かだろう。

重たい材木は運び賃が高くつく。にもかかわらず、堂島屋は他所から材木をいかだに組んで桟橋に横付けした。

いかだをばらしたあとは、屈強な仲仕たちが旧火除け地まで運んだ。

いかだを操る川並も、丸太を運ぶ仲仕も、ともに土地の者ではなかった。石も同じで、大横川沿いには広大な石置き場があった。材木以上に重たい石を運ぶのは難儀の極みである。

堂島屋はわざわざ石運びの平田舟まで用意して、遠くの石切場から運んでいた。

六月初旬の午後、伊五郎がまたもや多七の宿を訪れた。漁から戻っている刻限を見計らってのことだった。

「明日はてまえどものあるじが作事場に客を連れてまいります。また前回と同様の値で買わせていただきますので、なにとぞ真鯛を」

一段と日焼けの色を濃くした伊五郎が、玄関先で多七に願いを告げた。

おみつは伊五郎を庭に案内せず、玄関先に留めていた。

「よそに行ってくれ」

玄関先で仁王立ちになった多七は、伊五郎を見下ろしていた。

「一尾一両では、不足ですかい？」

伊五郎の物言いが凄味を帯びていた。

「千両箱を幾つ積まれても、あんたんところの注文を聞く気はねえ」

土間に裸足でおりた多七は、伊五郎の鼻先で玄関の戸をピシャリと閉じた。

堂島屋には、深川のために旧火除け地を使う気など、さらさらない……それが土地の者に分かり始めたとき、多七はおのれを呪った。

伊五郎のでまかせを真に受けて、尺物の真鯛を五尾も納めた。しかも桁違いの高値で。

「多七さんともあろうひとが、カネに釣られて堂島屋の片棒を担いだのか」

遠慮のない声が、多七の耳にも入った。

ひとことも言いわけをせず、多七は耐えた。なんと言われようが、一尾一両の買値に大喜びをしたのはまことだったからだ。

伊五郎を追い返したことは、たちまち漁師町に知れ渡った。

この一件で多七は面目を取り戻した。

多七さんをコケにしてと、土地の面々はさらに堂島屋への怒りを募らせた。

とはいうものの、大暑を迎えたいまになっても……。

堂島屋が旧火除け地でいったいなにを目論んでいるのかは、土地の肝煎衆ですら分からず仕舞いだった。

三

六月十六日はこの年の大暑だった。

季節は暦通りに移ろっているらしく、十六日の朝日はひときわ大きく見えた。

喜八郎の宿の庭には、損料貸し用の品々を納める蔵が設けてある。昇り始めた朝日は、蔵の屋根の本瓦を照らしていた。

明け六ツの鐘と同時に床から出た与一朗は、手早く寝間着からお仕着せに着替えた。寝間着は自前の品である。

小路を隔てた向かい側には、与一朗の実家小島屋が建っている。大股で歩けば損料屋からわずか十歩で小島屋に行き着けた。

しかしその十歩の隔たりが、いまの与一朗には果てしなく遠かった。

小島屋善三郎と喜八郎が話し合った結果、総領息子の与一朗を損料屋で預かることになった。

嘉介の下で、しっかりと商い作法を覚える。

炊事番のおとよからは、行儀作法を一から叩き込んでもらう。

配下の面々からは男ぶりを学びとる。

善三郎と喜八郎が交わした話に基づき、与一朗は存分に鍛えられていた。

早いもので、住み込みを始めて数カ月が過ぎた。いまも起床は明け六ツの鐘が合図だ。

お仕着せに着替えたあとは、井戸端で顔を洗い口をすすぐ。歯磨きに使う総楊枝《ふさようじ》は浅草松田屋の特選品で、塩は赤穂の天塩だ。

「身だしなみを調えることに使う費えは、なんら惜しむことはない」

嘉介の許しを得た与一朗は、総楊枝から鬢付け油にいたるまで、老舗の特選品を使っていた。

代金はもちろん自腹である。

住み込みとはいえ丁稚小僧ではない。身の回りの品々を調えるカネとして、与一朗は相応の金を持参してきた。

身の回りを調える費えは惜しむな。

これぞ喜八郎が了とする、男の生き方だった。

歯磨きを終えたあとは、手桶に汲み入れた水を庭木に撒いた。そのあとは竹ぼうきで庭の掃除である。

嘉介の下でなにを学ぶのか。

そのないにをを正しく呑み込む才を与一朗は持ち合わせていると、嘉介は考えていた。

庭掃除を言いつけられれば竹ぼうきを手に持ち、ゴミと枯れ葉をきれいに掃き出した。

ほうきで掃ききれないゴミなどは、素手で摑むのも厭わなかった。

ひとの目がないときでも陰日向なく続けた。

「育ちがいいのでしょう」

嘉介は与一朗の働きぶりを褒めた。が、そのあとに辛口を続けた。

「長続きしないのが大きな難点です」と。

掃除に限らず、言いつけられた仕事はどれも手際よくこなすのだが、

「何のために同じことを毎日繰り返すのか、そこに思い至ることが薄いまま、如才なくこなすことに長けたのでしょう」

あきずに、ひとつことをやり続ける。

これさえ学び取れれば、人柄も育ちもいいだけに、先々が楽しみですと嘉介は評した。

「嘉介さんにまかせます」

ひとたび任せたあとの喜八郎は、一切の口を挟まなかった。

嘉介はかわやだけは、毎日、自分の手で雑巾がけをした。掃除を命じられてから四日目の朝、嘉介がかわや掃除をしているさまを与一朗は庭から目の当たりにした。

洗い桶のなかで雑巾をすすぎ、固く絞るとかわやの床を拭き始めた。肥汲み屋を待つほど溜まっていた便壺は、庭にまでにおいが流れ出ていた。

嘉介はまったく意に介さず、板の便器まで素手で雑巾で拭き続けた。庭から与一朗が見ているなどとは、考えてもいない動きだった。

強い衝撃を受けた与一朗は、翌日もその翌日も、嘉介の掃除ぶりを見た。

二日目は雨降りで、竹ぼうきを摑む両手が凍えてしまった。そんななか、合羽を着て庭の隅から嘉介の掃除ぶりに見入った。

手桶の水も凍えていたに違いないが、嘉介はなんら変わらぬ手つきで、この朝も便器の汚れを拭き取り続けた。

ひとは毎日、かわやを使う。いかほど掃除をしていても、毎日汚れるのがかわやだ。

「ひとつことをやり続けるのがすべての基本」だと、善三郎から言われ続けていた。

手桶の凍えた水に雑巾をつけて、しっかりと絞る嘉介……嘉介のかわや掃除こそ、まさに善三郎の言葉の生きた実践だと与一朗は悟った。喜八郎が全幅の信頼を寄せている理由を、この朝与一朗は理解した。

十一日目は寒い曇り空だったが、与一朗は明け六ツの捨て鐘第一打で飛び起きた。そしておよそ半刻（一時間）をかけて、隅から隅まで庭を掃き清めた。

損料屋の商いは朝の五ツから夕暮れどきの暮れ六ツまでだ。

大暑の朝も与一朗は、前夜から居座っている暑さも厭わず、六ツ半まで掃除を続けた。

半刻みっちりと竹ぼうきを使ったことで、お仕着せがすっかり汗まみれである。

井戸端で下帯までほどくと、勢いよく水を浴びた。井戸のわきには一荷（約四十八リットル）入りの大きな水瓶が据え付けられている。

埋め立て地深川の井戸は、どこも塩水しか出ない。汗を流すには塩水でも障りはないが、そのまま乾かすと夏場は肌がべたつき、白い塩を噴いた。

水瓶の真水は洗い物の仕上げや、水浴びしたあとの上がり水として使っていた。

ひしゃく二杯の真水できれいに肌を洗い流したあと、手拭いでしっかりと拭った。身だしなみには人一倍気を使う与一朗は、上がり水を浴びたあとの手拭いも目の細かな木綿を使っていた。

新しいお仕着せに袖を通し、帯を貝の口に結んだとき、

「ごはんですよ」

頃合いよしと、おとよが声をかけてきた。

飯炊きのおとよは、美味いメシを炊くことに関しては譲りがなかった。

「その日、初めて口にする朝のごはんです。旦那様や嘉介さんに、どこのだれよりもおいしいごはんを食べてもらうことが、あたしの仕事です」

喜八郎の宿で働き始めた初日に、おとよは嘉介にこれを言い切った。そして道具を買いそろえる許しを願い出た。

「美味いメシを食うための道具なら、存分に吟味すればいい」

許しを得たおとよは、すぐさま高橋の桶屋まで出向いた。そして木曾椹で拵えたおひつを買い求めてきた。

以来、朝の炊きたてごはんは、椹のひつに移されていた。

井戸端で着替えを終えた与一朗は、毎朝のことながら、鼻をひくひくさせた。

おとよが木曾椹のおひつにメシを移す香りが漂ってきたからだ。

嘉介を見習い、この日初めて与一朗は身を粉にして掃除を続けた。腰をかがめたり、逆に目一杯に背伸びをしたりと、存分に動いた。

身体に覚えた疲れは、味わったことのない心地よさだった。

身体に大きく伸びをくれてから、与一朗は朝餉の調った板の間へと向かった。

その朝おとよは、炊きたてごはんに焼き海苔とふだんは無い生卵を添えた。

「いただきます」

込み上げる想いが与一朗の物言いをくぐもらせた。が、涙は見せなかった。

たやすく人前で涙を流してはならぬという実家・小島屋の家風を守ったのだった。

質屋はひとさまの品物を預かるとき、質草の吟味以上に客の人柄を見極める稼業だ。

さまざまな難儀を背中に抱えて、客は質草を運んでくる。

客が持ち込む難儀に絡め取られぬよう、質屋は丹田（下腹）に力を込めて向き合うのだ。

同情の涙を見せるなど、もってのほかである。それでなくても苦しい思いをしている客なのだ。

「あの涙は、ことによると大金を用立ててもらえるかもしれない……」

ありもしない勘違いをさせるだけだからだ。

人前でたやすく涙を流さぬしつけは、与一朗の身体の芯に刻みつけられていた。

＊

チリリン、チリリンッ。

真鍮で拵えた鈴が、涼やかな音を立てた。

番台の内側で腰掛けに座していた与一朗は、読みかけの三国志を隠した。

店の格子戸上部には鈴が取り付けてある。

もしも帳場をあけていたときに来客があれば、すぐにそれを察するための備えである。

鈴の音からひと息遅れて入ってきた客は、大股の歩みで番台の前まで進んだ。

「おれは佃町の火除け地跡で、普請の差配をしている堂島屋番頭の伊五郎だ」

旧火除け地の普請差配……それを聞くなり、与一朗の顔つきが曇った。

与一朗に限らず、深川の大半の商家も職人たちも、五月から始まった旧火除け地の普請には気をわるくしていたからだ。

が、伊五郎は与一朗の表情など気にもとめず、番台に寄りかかった。

「今日から二カ月ばかり、普請場で寝泊まりする職人が増えるんでね」

敷き布団だけでいいから三十人分を用意してくれと、伊五郎はぞんざいな物言いをした。

損料屋を見下しているのが、振舞いと口調にあらわれていた。

「てまえどもには三十人分の敷き布団の備えはございません」

「だったら仕入れてくれよ」

伊五郎は番台から与一朗のほうに上体を乗り出した。上背のある男で、与一朗から一尺のところにまで顔が迫っていた。

「仕入れろと簡単におっしゃいますが、三十枚もの敷き布団の仕入れは、てまえどもには多すぎます」

ご注文には応じかねますと、与一朗は抑揚のない物言いで応じた。

与一朗にも深川者の血が流れていた。

「おめえさんは、おれの注文には乗り気じゃなさそうだな」

伊五郎の両目が口調以上に尖っていた。

「乗り気じゃないもなにも、そんな数を仕入れましても、てまえどもではあとの使い道に困ると申し上げたまでです」

与一朗は相手の尖った目を見詰めて応えた。

「おめえさんは、ここのあるじか？」

「滅相もございません。てまえは平の手代でございます」

与一朗は顔の前で手のひらを振った。

「それにしちゃあ、随分ときっぱりした物言いをするじゃねえか」

伊五郎の口調は、番頭とも思えない崩れ方である。

「三十枚もの敷き布団の損料貸しは、こんな損料屋には願ってもねえ大商いだろう」

「そうかもしれません」

与一朗は逆らわなかった。その返事がさらに伊五郎をいきり立たせた。

「なんでえ、しらっとした顔でそうかもしれませんてえのは」

伊五郎の声が土間で破裂した。

「平の手代にその場で断られて、さようでございますかと出て行ったんじゃあ、堂島屋の番頭は務まらねえんだ」

とっとと番頭でもあるじでも呼んでこいと、伊五郎はさらに声を荒らげた。

「おたくさまのご注文にお応えするかどうかは、番頭に訊くまでもなく、てまえで決められることです」

三十枚の布団には応じかねるゆえ引き取っていただきたいと、与一朗はあらためて断りを告げた。

「深川にはてまえどものほかにも、何軒も損料屋はございます。どうぞ他の店と掛け合ってください」

言い置いた与一朗は、腰掛けからおりて奥に引っ込んだ。

様子のよくない客との応対は無理をせず、奥に引っ込むように。

嘉介から何度も言われていることである。

「おまえが引っ込んだあとも客がごねるようなら、あとはわたしが引き受ける」

嘉介は常からこれを口にしていた。

さっさと奥に引っ込んだ与一朗を見て、伊五郎は呆気にとられたようだ。

もともと、難癖をつけにきたわけではなかった伊五郎である。断られて腹を立てたが、そこまでだったのだろう。

ここで揉めているよりも、早く布団の手配りをしなければならない。

「なんてえ損料屋だ！」

思いっきり毒づいたあと、格子戸を乱暴に閉じて出て行った。

チリリンッ。

なにごともなかったかのように、涼しげな音で伊五郎を送り出していた。

伊五郎が荒々しく格子戸を閉じて出て行ったあと、座敷に行った与一朗は嘉介・喜八郎と向かい合わせに座っていた。

庭に面した八畳間で、店の帳場からもさほどに離れてはいない。来客が格子戸を開ければ、鈴の響きが八畳間にも届くのだ。

番台にひとは座していないが、三人とも案じてはいなかった。

「火除け地の普請は、今日から一段と動きが激しくなりそうです」

伊五郎と交わした顚末を、喜八郎と嘉介に聞かせた。敷き布団三十枚の注文を断ったことを、嘉介は了としていた。

「深川のどこの損料屋も、堂島屋さんの注文には応じないだろう」

与一朗を見ながら、嘉介は低い声で見当を口にした。

八畳間は南と西が庭に面している。二面とも障子戸が開かれており、大横川を渡ってくる風が流れ込んでいた。

「それにつけても、おかしら」

嘉介は喜八郎に話しかけた。

「敷き布団三十枚とは、さらに尋常ではない人数を増やす気なのでしょうか」

問われた喜八郎が小さくうなずいたとき、格子戸の鈴が鳴った。

急ぎ立ち上がった与一朗は番台へ向かおうとした。部屋の外でおとよに出くわした。

四ツどきの茶菓を運んできたのだ。菓子は与一朗好物の薄皮まんじゅうである。

「終わり次第、戻ってきますから」

おとよに言い残して番台に向かった。

茶が冷めぬうちに与一朗は戻りたかったに違いない。真夏でも熱々の焙じ茶と薄皮まんじゅうという取り合わせが、与一朗の大のお気に入りだった。

しかし八畳間に戻ってきたときには、焙じ茶はぬるくなっていた。

「箱膳に茶碗・湯呑み・箸の一式を三十人分用意してほしいと、またあの普請場からの注文でした」

仔細を嘉介に聞かせる前に、与一朗はぬるくなった茶をすすった。客とのやり取りが長引いて、喉が渇いていたらしい。

好物のまんじゅうには見向きもせず、湯呑みの茶を飲み干した。

「さきほどわたしは、よその損料屋に掛け合ってくれと言ったのですが、どうやら見当違いをしていました」

敷き布団を注文しにきた伊五郎も、今し方箱膳を頼みに来た男も、先に他所で断られていたに違いない。

どこの損料屋でも、安値でたたいて汚く使う堂島屋には嫌気がさしたにちがいない。

「うちは店の外に損料屋の看板を出しているわけではありません」

与一朗の言う通りである。看板がないどころか、屋号すらない損料屋なのだ。

いよいよ困り果てて、土地の者しか知らない看板なしのうちを訪ねてきたと、与一朗は見当を明かした。

「気になったのは男の目つきです」

与一朗は口調を強くした。

御上から土地の払い下げを受けられるような、格式ある作事屋には、あの手の剣呑な目をした差配はいない……。

門前の小僧、習わぬ経を読むの如く、与一朗にも質屋ならではの眼力は備わっていた。

喜八郎の窪んだ目が、思案を巡らせているように見えた。

「得体の知れないあの辺りの商人のことなら、政八《せいはち》さんに訊くのが一番だ」

喜八郎の言い分に、嘉介はいぶかしげな顔を見せた。

政八とは札差の米屋《よねや》政八のことである。

いつも気ぜわしげにせかせかと歩く政八を、喜八郎は買ってはいないはずだ。

「伊勢屋（四郎左衛門）さんではなく、米屋さんですか？」

嘉介の問いに喜八郎は深くうなずいた。

「政八さんはときに、伊勢屋さんも舌を巻くほどの事情通だったりする。とりわけ本所界隈には深く通じておいでだ」

米屋に出向き、堂島屋の仔細を聞き込んでくると、喜八郎は考えを告げた。

まんじゅうを急ぎ呑み込んだ与一朗は、あるじの見送りに立ち上がった。

庭で寝そべっていた与一朗の飼い犬も、立ち上がってクウンと鼻を鳴らした。

四

喜八郎が米屋を訪れたのは十六日の九ツ半（午後一時）過ぎだった。

今回の訪問は政八から呼び出されたわけではなく、自分の都合である。

昼飯どきを外す刻限になるまで待とうと、訪れる手前で三筋町を歩いた。この町の菓子屋榮久堂の太棹ようかんは政八の大好物だ。

手土産を誂えてから米屋に向かったら、うまい具合に九ツ半を過ぎていた。

小僧は来客の顔を知っている。喜八郎を見る顔が大きくほころんだ。

「旦那様にご用ですね？」

うなずいた喜八郎は小僧を呼び寄せて、四文銭三枚の駄賃を握らせた。

小僧が顔をほころばせたのは、駄賃がもらえると分かっていたからだろう。

ぺこりと辞儀をした小僧は、履物を揃えてから座敷に上がった。米屋の小僧のしつけは行き届いていた。

来訪を告げに行った小僧は、ほとんど間をおかずに戻ってきた。驚いたことに、せかせかした足取りで政八当人が出てきた。

「おう喜八郎、よく来た、よく来た」

喜八郎から出向いてきたのが、よほどに嬉しかったらしい。小柄な政八が、目一杯に大きな身振りで喜八郎を招き上げた。

存命だったころの先代は、喜八郎を高く買っていた。

「あんたが年下だと承知で頼みがある」

先代は直々に、米屋の後見人となることを喜八郎に頼んでいた。

折々に米屋の舵取りを指南もしてきたし、苦言を呈することもあった。後見人として、政八にもの申す立場である。

喜八郎のほうから米屋に足を運ぶことは、ほぼ皆無といえた。

政八は奥の客間で向かい合わせに座るなり、うなぎを食おうと言い出した。

「おまえのことだ、わざと昼飯どきを外してきたんだろうが、あたしは昼はまだだ」

喜八郎の返事も聞かずに女中を呼び寄せた政八は、ふたり分のうなぎ飯の支度を言いつけた。

所帯は小さいが米屋は札差である。昼飯どきを狙って訪れる武家も少なくない。

二百俵以上の上客には二階の商談部屋で昼飯を振舞う。これが米屋の決まりだった。

たかが昼飯だが、粗末なものを振舞うと商いに障る。仲間内の評判も落ちる。

なにごとにもつましい政八だが、上客への昼飯にはうなぎ飯を用意させた。

森田町のうなぎ屋から、米屋は毎日蒲焼きを届けさせていた。それを炭火で炙《あぶ》り直し、熱々の飯に載せてタレをかけるのだ。

飛び切りの上客には、飯と飯の間にも蒲焼きを挟んで供した。

「今年の深川八幡は本祭ではなかったな」

喜八郎相手によもやま話をしていたとき、うなぎが出来上がった。

「つい近頃、ここのうなぎ屋は職人が入れ替わったんだ」

味がよくなったと前振りをして、政八は箸をつけた。

「確かに美味いうなぎです」

甘さを抑えたタレは、うなぎの美味さを引き出している。熱々の飯で蒸された蒲焼きは、雑作なく箸で身がほぐせた。

なにごとにも気ぜわしく振舞う政八だが、うなぎ飯を食べるときに限っては、別人のごとく落ち着きがある。

喜八郎も急ぐことなく賞味できた。

女中が食後の煎茶を供して下がったのを見て、政八が先に話を始めた。

「おまえが今日うちに来たのは、あのことでだろう？」

政八は喜八郎の顔をのぞき込んだ。

具体的には言わず、あのこととほのめかす。この言い回しは、政八の得意技である。

多くの者は政八の問いかけにつられて、自分から答えを口にした。

喜八郎は口を閉じたまま政八を見詰めた。

焦れた政八は、本所の堂島屋の一件で来たのだろうと言い直した。

「お察しの通りです、恐れ入りました」

喜八郎は正味で政八の勘のよさを褒めた。

政八は背筋を張り、左肘を脇息に載せた。

「堂島屋が深川佃町の火除け地を下げ渡されたのは、聞こえている。あたしら札差の同業のなかにも、下げ渡しに名乗りを上げた者は何人もいた」

札差やら金貸しやらを差し置いて、堂島屋が下げ渡しを射止められたのは……。

政八は声を潜めた。

「堂島屋の後ろで、今戸の材木問屋妻籠屋《つまごや》が糸を引いているからだ」

政八はわけしり顔で明かした。

「堂島屋はよろず問屋を名乗っているが、もとをたどれば本所竪川の荷揚げ人足宿だ。それを妻籠屋が都合よく使うために、よろず問屋に商売替えさせた。よほどのわけでもない限り、おまえがあたしにモノを訊きにくることはないが」

政八は自慢の銀ギセルに刻みたばこを詰めた。

「あたしの元に来るしかなかっただろうな」

種火にキセルを押しつけて、煙草に火をつけた。強く吸ったら銀細工の火皿が真っ赤になった。

存分に吸い込んだ煙を、惜しむように少しずつ吐き出した。思案を重ねながら煙草を吸うときの、政八のクセだ。

「妻籠屋は相当に手強いぞ」

灰吹きに吸い殻を叩き落とすと、知っている限りの妻籠屋鬼右衛門《おにえもん》の仔細を話し始めた。

「深川で旧火除け地を手に入れたのが実は妻籠屋の鬼右衛門だということはごく限られた者だけが耳にしている」

自分もそのひとりだと、大きく反らした胸が語っていた。

「二千坪の旧火除け地は、うわさでは幕閣に働きかけて安値で手に入れたらしい」

妻籠屋は木曾檜《ひのき》のみを扱う図抜けた大尽《だいじん》で、しかも平野町の検校《けんぎょう》に通じている。

「妻籠屋が入谷鬼子母神に仕掛けた、あこぎ千万な悪巧みを知っているか？」

「ぜひ仔細を聞かせてください」

喜八郎に頼みを言われた政八は、ひと口茶をすすってから背筋を張った。これも相手に自慢するときの仕草である。

「鬼子母神の門前町には、何十軒もの小商人が軒を連ねて土産物やら雑貨やらを商いしていたが」

妻籠屋は参道に並んだ商店のうち、土地持ちばかりを狙い撃ちにした。

門前町の商店に企《たくら》みを気づかれぬよう、参道から一里も離れた坂本村に土地を買い求めた。そして十五間（約二十七メートル）間口の平屋を急造した。

開店までには何度も広目屋《ひろめや》（宣伝屋）を使い、大安売りを告知した。

「的にした店とまったく同じ品を、四分一の破格値で売りまくったのだ」

広い土間に並べられた売り物棚には、何人もの若い衆がつきっきりで品物を補充した。

客の大半は広目に釣られて出張ってきた他町の住人で、土地の商店とは馴染みもなければ義理もなかった。

「安値に惹かれた客は一里の道も平気で、坂本村まで足を運んだ」

遠路もいとわず出向いた客のなかには、もとは門前町で買い物をしていた土地の者も少なからずいた。

狙い撃ちにされた商店のみならず、鬼子母神近くの小商人は歯抜けになって商売が立ちゆかなくなった。

荒廃したのは商店だけではない。地元を大事にせず安売りに目移りしたことで、店と客の間柄もぎくしゃくした。

双方が負った傷はいまだ癒えてなかった。

「妻籠屋は御公儀にも顔が利くし、裏についている検校は数万両のカネを動かせるぞ」

なにをするにしても断じて気を抜くなと、政八は語気を強めた。その物言いは、息子を案ずる父親のような慈愛に富んでいた。

「ありがとうございます」

政八の言葉が身に染みた喜八郎は、背筋を伸ばして真正面から見詰めた。

一刻も早く秋山《あきやま》さんに会わなければと、思いを固めていた。

五

北町奉行所上席与力秋山久蔵《きゅうぞう》が仲町の江戸屋に出張ってきたのは、暑さが大きく退いた七月一日の夕刻だった。

今月は南町奉行所が月番で、秋山は動きの自由を得ていた。

喜八郎と秋山が向かい合ったのは、人目を避けることのできる離れだ。

江戸屋には堀を引き込んで川床《かわどこ》が構えられている。舟を使えば、だれとも顔を合わさずに離れに出入りできた。

「すすきとは、また格別の風情だの」

秀弥がみずから支度を進めた鉢には、砂村から取り寄せたすすきが活けられていた。暑さが大きく退いたのも道理で、明日には今年の立秋が控えていた。

「秋山様がお好きだとうかがっておりましたもので」

秀弥は手焙りに載せた鉄網で、栗を焼き始めた。仲町の青物卸に言いつけて、秋山のために栗も取り寄せていた。

押上《おしあげ》村の栗林で獲れたばかりの、今年の初物である。

「なによりのぜいたくだ」

素直な表情で秋山は栗を喜んだ。

喜八郎の窪んだ目元がほころんだ。

真ん中から皮が割れた栗を、秀弥は信楽焼《しがらき》の皿に盛って供した。

「お話がおすみになりましたら、鈴でお知らせください」

秋山に辞儀をして秀弥は離れを出た。

「歳を重ねるごとに、女将は艶をましておるかに見える」

秋山はめずらしく直截《ちょくさい》な物言いで、秀弥を称《たた》えた。

喜八郎は目だけでうなずき、脇に用意されている小型の火鉢に手を伸ばした。

五徳には鉄瓶が載っており、急須も茶筒も盆に備わっていた。秀弥が離れを出るなり、鉄瓶は湯気を噴き出し始めた。

用意されているのは、これも秋山好物の玄米茶だ。香りが際立つように、秀弥はここに持ち込む直前に玄米を炒らせていた。

喜八郎がいれた玄米茶を、秋山が美味そうに飲む。

かつて喜八郎が役所に勤めていた折りには、毎朝がこれで始まっていた。

焼き栗を賞味し、薫り高い玄米茶を存分に味わったあとで、秋山は調べた仔細を話し始めた。

「まこと妻籠屋鬼右衛門は、名は体を表すを地でいく男だ」

秋山は持参した心覚えに目を落とした。

＊

妻籠屋は今戸橋北詰めに二千三百坪の材木置き場を持つ檜問屋だ。

扱うのは屋号の通り、木曾妻籠宿から送り出される木曾檜のみだ。江戸には数多くの材木商がいるが、木曾檜のみの問屋は妻籠屋ただ一軒である。

いまから四年前の寛政元年九月十六日に、公儀は棄捐令を発布した。旗本と御家人が札差に負っていた借金の棒引き令だ。

江戸で抜きんでた大尽だといわれ続けてきた札差百九軒が、棄捐令で生き死にの瀬戸際にまで追い詰められた。

カネの流れの一番川上にいた札差が、巾着の紐をきつく絞った。札差がカネを使わなくなったことで、江戸の景気は一気に冷え込んだ。

大店、小商人を問わず、屋台骨が傾く商家が続出した。なかでも札差を一番の得意先としてきた両国・向島・浜町などの料亭は、店仕舞いにまで追い込まれた老舗が多数でた。札差と並んで大尽だと称されてきた木場の材木商にも、廃業を迫られた店が何軒もあった。

棄捐令が発布される以前の妻籠屋は、屋号を尾鷲屋《おわせや》としていた。またのちに鬼右衛門となる当主は福太郎《ふくたろう》と名乗っていた。

当時は番頭を含めて八人の奉公人で、材木置き場は今戸の材木商から借り上げていた。

内儀はいたが子宝は授かっておらず、いずれは奉公人のなかから養子縁組をする心積もりをしていた。

内儀さよ乃の実家は浅草寺門前町で呉服屋・友禅屋《ゆうぜんや》を営んでいた。京ではなく加賀友禅を扱う店で、得意先は吉原の遊郭に限られていた。

それも友禅屋の規模に見合った、中見世《ちゅうみせ》（中規模の遊郭）や小見世《こみせ》を出入り先としていた。

棄捐令発布で真っ先に商いが厳しくなったのが料亭と吉原の遊郭である。いずれも札差が遣ってきた途方もない大金が、実入りの大きな源だったからだ。

蔵前のカネを一両もあてにできなくなって三月《みつき》が過ぎたとき、師走を迎えた。

「先様も大変だろうが、うちもこの掛けを頂戴できなければ年が越せなくなる」

友禅屋当主は番頭・手代を前にして命がけで掛取りをするようにと言い渡した。

格式を重んじる大見世に出入りしていたならば、師走の集金はなんとかできたに違いない。大見世はのれんにかけて、掛けの払いを先延ばしにはしなかった。

中見世と小見世は違った。

「どれだけねばられても、ない袖は振れないからね。春（新年）がくるまで、待っておくれでないか」

内証を切り盛りする中見世の女将衆は、だれもが払いの先延ばしを突きつけた。

「このうえまだ催促がましいことを言うなら、友禅屋さんとはこれっきりにさせてもらいますよ」

女将の言い分を手代は呑むしかなかった。

商いはいずこも一年に二回の節季払い（六月と十二月）が基本である。暮れに集金できなかった掛けは、半年先にまで延ばされかねない。

春になったら払うというのは、口先だけの言い逃れだと手代には分かっていた。

それゆえ、この年の師走はいつにもまして懸命に掛け取りに走った。友禅屋の手代もひたすら集金に励んだが、だれもが不首尾に終わった。

入金は一両もなくても、友禅屋にも仕入れ先への買い掛け払いが待ち構えていた。

金繰りに詰まったあるじは、禁じ手を承知で検校からカネを借りた。

盲人を束ねる検校は、配下の座頭から上納金を徴収し、一年に一度、指定の期日に公儀に納付している。

徴収は毎月だが納付は年に一度だ。その間、検校には上納金の運用が許されていた。

貸金の貸借は「相対《あいたい》済まし（当事者間での解決）」が基本だが、検校に限っては奉行所が関与した。検校貸しの原資が公儀への上納金だからだ。

奉行所の後ろ盾を笠に着た検校は、容赦のない取り立てをした。それを知っている商家は、検校貸しには手を出さなかった。

友禅屋は検校から千両の大金を借りた。が、返済に詰まり、家質《かじち》とした屋敷と中見世への売掛金、蔵の在庫品のすべてを検校に取り上げられた。

それでも検校は取り立ての手をゆるめず、娘の嫁入先である尾鷲屋にまで押しかけた。

この時、福太郎はカネの手助けをしなかった。手元に四千七百両の蓄えはあったが、検校貸しに手を出した友禅屋当主を見限ったからだ。

実家友禅屋の潰《つぶ》れからさほどに間を措かずさよ乃は大川に身を投げた。


棄捐令では札差を筆頭に、長らく大尽と呼ばれてきた面々が軒並み身代を傾けた。

逆に太った者の大半は、検校などの金貸しばかりだった。

所帯が小さくて在庫の丸太も持っていなかった尾鷲屋は、棄捐令を源とする難を逃れることができた。

さよ乃の亡骸《なきがら》を回向院《えこういん》に埋葬したその足で、福太郎は平野町に向かった。友禅屋から無慈悲な取り立てを続けた田所《たどころ》検校の屋敷に押しかけたのだ。

しかし文句をねじ込みに行ったのではない。まったく逆で、手を組みたいと話すために出向いたのだ。

「このたびの棄捐令で、いかに大尽連中がもろいかを目の当たりにした。最後に笑う者はカネを持っている者だ」

福太郎は駿河町の本両替・三井両替店発行の、額面四千七百両の為替切手（預金小切手）を検校に示した。

尾鷲屋の蓄え全額を三井に持ち込み、手数料を払って発行させた切手である。

盲人のはずの検校が、福太郎の手元に目を移した。が、すぐに元の能面のような顔に戻った。

「わたしはこれから木曾檜を買い付けに妻籠宿まで出向くが、このカネでは杣宿《そまやど》（檜問屋）は話に乗ってはこない。檜の買い付け談判はわたしが受け持つ。あんたは一万両を融通しろ」と迫った。

「棄捐令が出されて以来、材木問屋がどこも青息吐息なのは、あんたが一番よく分かっているはずだ」

福太郎は検校を見詰めた。わずかながら検校は目が見えていると、福太郎は為替切手を示したときに見抜いていた。

「とりわけ檜を扱う材木問屋は、どこも死に体だ」

檜は他の材木に比べて高値だ。一本百両を下らない丸太を、買い手もなしに寝かせておくなど、いつまでもは続かない。

「この先数年は江戸の景気は元には戻らないから、檜問屋の何軒もが廃業を迫られるのは目に見えている」

内証のよくない檜問屋を洗い出してくれと、福太郎は検校に頼んだ。

「調べてどうする気だ？」

「赤猫（放火）をさせる」

ことも なげに言い放つと、検校の表情が大きく動いた。

「赤猫を得手にする食い詰め者を、あんたが顔つなぎしてくれ。その者とのあとの談判はわたしがやる」

商いが激減しているうえに、在庫の檜を焼失したら檜問屋は廃業に追い込まれるのは必定……福太郎は見当を告げた。

「それらの問屋が取引をしていた杣宿に出向き、指し値をして檜を仕入れてくる」

江戸の不景気で売り先を失った杣宿は、福太郎との談判に応ぜざるを得ない。極端に江戸の買い付けが細くなっているいまなら、安値で買い叩くことができる。

「景気がどれほどわるくなったとしても、檜をほしがる客はいる。大名屋敷もそうだし、御公儀の作事普請も少なからず見込める。取りっぱぐれる心配のない御公儀の普請にも、檜の手持ちさえあれば食い込める」

作事にかかわりを持つ公儀役人の然るべき筋とは、検校が橋渡しをすればいいと、福太郎は持ちかけた。

検校が得心顔に変わった。

上納する冥加金の担当役人の筋から辿《たど》れると踏んだのだろう。

公儀役人がいかに袖の下に弱いかを、検校は肌身で知り尽くしていた。

「一万両を融通したとして、わしの取り分はどうなる」

検校は濁った目を開いて福太郎を見た。

「大口への検校貸しの利息は、年利二割二分のはずだ」

福太郎は友禅屋の貸し付け利息を引き合いに出した。

「最初の一年は無利息で我慢してもらうが、二年目からは年に三割五分もの配当を支払える」

福太郎は持参した目論見書の数字を読み聞かせた。

聞き終えた検校は、あごを右手で撫でてから口を開いた。

「最初の年に年利八分、二年目からは四割二分というなら考えてもいい」

「それは無理だ、検校さん」

福太郎は穏やかな口調で拒んだ。

「どう気張っても、仕込みの続く初年度は利息など払えない。その代わり、二年目からは三割七分の利回りを請け合ってもいい」

福太郎の言い分を聞いても、検校は受け入れなかった。

「初年度は四分、二年目からは四割一分だ」

「そいつは無理だ」

声の調子をわずかに尖らせた福太郎は、初年度に二分、二年目からは三割八分にすると譲歩した。

潮時だと判じたのだろう。検校は渋い顔を拵えつつも受け入れた。

検校との談判をすべて終えた日の夜、福太郎は奉公人たちに仔細を明かした。

「世渡りは生き死にの戦だ。負け戦には身投げしか待ってはいない」

今夜を限りに、きれいごとはすべて捨て去る。

「あこぎだ、無慈悲な恥知らずだと誹《そし》るのは負け組ばかりだ。勝ち組の検校は世間の罵《のの》り声など、鼻で笑って聞いている」

たかが五十年しか生きられない時勢だ。太く短く、そして豪勢に生きることに決めたと、鬼右衛門は言い切った。

「旦那様について行きます」

番頭以下の全員が声を揃えた。

内証のよくない檜問屋の洗い出し。

赤猫を得手とする無宿人の探し出し。

カネに弱い作事方役人への接触。

これらすべてを田所検校が引き受けたのは、鬼右衛門との談判から三月後だった。

＊

「わしがここで憤ったところで、検校には町奉行所は手出しができぬ」

秋山の両目が燃え立っていた。

「検校と手を結んでおる妻籠屋も、いまではやりたい放題だ。檜の売買から得たカネ、小商人を潰して我が手に収めた稼業からの実入り、それに検校が運用いたす冥加金までを合わせれば、いまでは五万両を動かすといわれておる」

幕閣に近い者にまで手を回したことで、払い下げの深川火除け地も手に入れていた。

「おまえが政八から聞き取った通り、本所の堂島屋は、鬼右衛門の手先に過ぎぬ。このたびの仕掛けも、すべては妻籠屋鬼右衛門が裏で糸を引いておる」

秋山は背筋を伸ばして喜八郎を見た。

「おまえが先頭に立って、妻籠屋の企みを潰してくれ」

秋山の眼の光がさらに強くなっている。

「うけたまわりました」

喜八郎は短く答えたあと、新しい玄米茶の支度を始めた。

秋山の手が鈴に伸びた。

六

秋山と面談をした翌日、七月二日。

「折り入っての話がある。すぐにも面談の場を設けていただきたいと、善三郎殿の都合をうかがってくれ」

与一朗を通じて、父親小島屋善三郎との面談を申し入れた。

善三郎は申し入れを聞くなり、みずから四ツ半（午前十一時）過ぎに路地を渡って出向いてきた。

「てまえからうかがうべきでしょうが……」

喜八郎は善三郎の来訪に甘んじた。形にこだわるのではなく、一刻も早く善三郎と話がしたかったからだ。

面談には番頭の嘉介が同席した。

喜八郎は前夜に続き、みずから玄米茶をいれた。昨日秀弥から分けてもらった、薫り高い玄米茶である。

善三郎がひと口をすすってから、喜八郎は話を始めた。隣の嘉介ともども、背筋が真っ直ぐに伸びていた。

「てまえはかつて、北町奉行所に一代限り同心として勤めておりました」

調べはついているのを承知で、喜八郎はみずからの口で素性を明かした。

あらためて来し方を聞き終えた善三郎は、噛み締めるようにして玄米茶を飲み干した。

「旧火除け地にかかわりを持つ者との応対のなかで、うさんくささを嗅ぎ取ったのは、与一朗の手柄です」

与一朗に備わった眼力を、喜八郎は褒めた。

善三郎の表情が和んだ。

新たな茶を善三郎にいれたのち、喜八郎は本題を話し始めた。

「いま火除け地跡で作事を進めている施主は、本所の堂島屋ではありません」

今戸の檜問屋、妻籠屋だと告げた。

「屋号は耳にしたことがあります」

しかし、善三郎が聞き及んでいたのは檜問屋ということに限られていた。

「相手の商いを壁際まで追い詰めて、立ちゆかなくさせる。もはや店仕舞いしかないと思わせたあとで、配下の手代を差し向けて居抜きで買い叩く。これが妻籠屋のやり口です」

昨夜秋山から示された妻籠屋の話を、喜八郎は善三郎に細かく話した。

「佃町の火除け地跡に普請しているのは、紛れもなく周辺の小商人を潰すための安売り市場です」

喜八郎は一枚の広目摺り《ひろめず》（宣伝チラシ）を善三郎の膝元に差し出した。これも昨夜、秋山から渡された摺り物である。

「拝見いたします」

善三郎は広目を手に持った。読売（瓦版）の摺りに用いる、すこぶる粗末なザラ紙だ。しかしこの種の紙は、問屋株仲間が一手に流れを仕切っていた。

紙の手触りを確かめてから、善三郎は喜八郎を見た。

「読売と同じ紙ですが、この紙を広目摺りに使えているということは……」

「ご明察の通りです」

喜八郎が後を引き取った。

妻籠屋は江戸の紙問屋株のひとつも、すでに手に入れていた。

「妻籠屋なる男は、御公儀と読売の両方をおさえています。誠にあなどれぬ相手です」

息を吐き出したあと、善三郎は広目摺りの内容を読み始めた。

乾物・雑穀・豆腐・青物・菓子・太物。

いずれも株仲間の存在しない、小売り屋が自由に値付けのできる品物ばかりだ。

妻籠屋はこれらの品々を、どこよりも安く売る『安売り市場』を誕生させると、大文字で告げていた。

安売り市場の竣工は、寛政五年十二月初旬としてあった。

どこの商家も掛け取りに追い立てられるときだ。こんな時季に安売りで攻め立てられて実入りが減ったら、小商人には痛手だ。

年越しもおぼつかなくなるかもしれない。

善三郎の目を見詰めて話しているさなかに、俊造が駆け戻ってきた。

町飛脚の俊造は、五里（約二十キロ）の道を半刻（一時間）で走り抜ける韋駄天《いだてん》である。

「いい案配の晴れでやしたんで、鬼子母神さんへのお参り客はまだ五ツ（午前八時）だてえのに、ひっきりなしでやした」

俊造は入谷鬼子母神の様子を確かめに、今朝の明け六ツ（午前六時）直後から出向いていた。

「参道のあちこちには、安売り市場の真っ赤なのぼりが立ってやしてね。おんなじ色の半纏《はんてん》を着た若いモンが、お参り客を坂本村のほうへ引っ張って行くてえ寸法でさ」

俊造が鬼子母神に行き着いたのは六ツ半（午前七時）をわずかに過ぎた刻限だった。まだ朝が早いというのに、多くの者が安売り市場を目指していた。

「朝っぱらからのひとの流れは、市場の青物屋と豆腐屋が目当てでやした」

青物には売値がついておらず、どの品でも両手で摑めるだけ摑んで二十文である。

「腰の曲がった婆さんが、荒い息をしながら青物を手づかみにしている様子には、なんだかげんなりしやしたぜ」

ふうっとため息をついてから、俊造は話を続けた。

「仲町で一丁二十四文の木綿豆腐が、あすこじゃあ十二文でやした。一日三百丁も売り出すてえ話でやしたが、六ツ半過ぎには残り百丁ぐれえでしたぜ」

俊造は抜かりなく門前町の青物屋と豆腐屋の様子も確かめていた。

「どっちの店も五十坪はある店構えでやすが、ほとんど客が寄りついちゃあいねえ。店先には青物が山になってやしたし、豆腐屋の水風呂は真っ白にめえるほど豆腐が群れてやした」

「早くからごくろうさん」

嘉介のねぎらいを受けて、俊造は客間から下がった。

「手遅れにならぬうちに、すぐにも深川各町の御輿惣代《みこしそうだい》に触れを回して集まってもらいましょう」

わらじ送りで報せると善三郎は告げた。

質屋会所は盗品や行き倒れなどの、大事な触れを町々に報せるための仕組みを拵えていた。

触れを受け取った質屋は、次の店に即座に手代を差し向ける。

これが質屋会所のわらじ送りである。

深川を束ねる小島屋には、この仕組みを随時使うことが許されていた。

ことは小島屋の損得ではない。深川全体でどう向き合うかという一大事だ。

だれを、いつ、どこに集めるのか。

善三郎はこれだけの大事を、一気に決め上げた。

喜八郎は膝に両手を載せて礼を口にした。

「棄捐令が源となって、妻籠屋のような化け物を世に放つことになってしまいました」

喜八郎の窪んだ目が善三郎を見詰めた。

「もはや妻籠屋の息の根を止めるのは、町奉行所でもむずかしいでしょう」

役所の力にも限りがあることを、喜八郎はわきまえていた。

「しかし深川から追い払うことはできます」

喜八郎は言い切った。

善三郎は深いうなずきで応えていた。

＊

富岡八幡宮本祭に担ぐ町内御輿の惣代は、いまでは十五人になっていた。御輿の数が本祭ごとに増えていたからだ。

今年は仲町の政三郎《せいざぶろう》と冬木町の十四郎《としろう》が惣代の取り纏め役である。

七月五日八ツ（午後二時）に、江戸屋の広間で寄合が持たれた。

小島屋善三郎が集合をかけた寄合には惣代十五人全員に加えて、近江屋の頭取番頭伊右衛門も座についていた。

さらに仲町の名だたる大店二十軒の、頭取番頭も顔をそろえていた。

善三郎は摺り物を用意していた。ザラ紙ではなく美濃紙で、封筒まで添えられていた。

「北町奉行所のさるお方から、まことに大事な話を聞かせていただきました」

簡単な前置きのあと、善三郎は摺り物に従って妻籠屋の顚末を話した。

「悲しいことに、入谷鬼子母神は妻籠屋の企み通りにことが運んでいる様子です」

三日前の朝、入谷で俊造が見てきたことも、善三郎は摺り物に書き加えていた。

「妻籠屋が仲町でどの店を狙い撃ちにする気でいるのかは、いまはまだ分かりません。しかしどこが狙われているとしても、我々が力を合わせて追い払えばいい話です」

安売りの広目摺りを見て、大川の向こうからも客は押し寄せるに違いない。

それは拒まず、むしろ富岡八幡宮・黒船稲荷・深川不動尊への参詣客が増えたと考えて大事にする。

安売り市場には、深川の住人はひとりも近寄らないことにする。

「妻籠屋の狙いは、土地の者が大挙して安売り市場に出向き、地元の小商人を干上がらせて土地を買い叩くという点にあります」

土地の者が土地の店を大事にして、安売り市場をまったく相手にしなかったら……。

「妻籠屋は、まるで旨味のない安売りを強いられるだけです。他所の者がどれほど市場に群がったとしても、土地の店を土地の者が守ればなんら心配はいりません」

安売り市場が賑わえば賑わうほど、妻籠屋は儲かるどころか持ち出しになるのは必定だと、善三郎は計算していた。

「深川には富岡八幡宮の本祭があります」

広間を埋めたお歴々の前で、善三郎は声を張った。

大柄な身体から発せられる声は、広間の隅々にまで通り渡った。

「日頃は町内御輿の威勢の張り合いで鎬《しのぎ》を削っていても、ひとたび御輿に肩をいれれば同じ仲間として力をひとつに合わせられます」

妻籠屋ごときを追い払うに、道具は無用だと言い切り、さらに続けた。

「深川各町には、先達の知恵がぎっしり詰まっています。年配者が発する含蓄に富んだ指図に、若い者は素直に従うのが、この土地のかけがえのない風土です」

いざとなれば御輿惣代の指図が、各町の年配者に一斉に伝わる。年配者は町内の差配に話し、差配は男たちに伝達する。

女房こどもにきちんと言い聞かせるのは、亭主の役割だ。

富岡八幡宮の祭礼で培ってきた伝達手段の確かさは、他所とは大きく異なっていた。

確実に、入り用とあらば秘密裏に、ことの大事が末端にまで伝わるのだ。

善三郎はこの仕組みを本祭同様に活かして、鬼右衛門に対処しようと宣言した。

「妻籠屋には市場作事に大きなカネを遣わせて、散々に皮算用を弾かせましょう」

「おうっ！」

惣代衆が雄叫びを上げた。その声が静まったところで、近江屋の頭取番頭伊右衛門が口を開いた。

「てまえどもが筆頭《ふでがしら》となり、この場にお集まりいただいた表参道の大店各店に奉加帳《ほうがちょう》を回させていただきます」

賛助金を集めておけば、妻籠屋に立ち向かう費えの備えができる。本祭の奉加帳に準じて回せば、四百両は集まるはずだ。

「もしも四百両に届かないときは、近江屋が埋めます」

伊右衛門が請け合った。

「そいつあ豪気だが、そんなことをさせちゃあ、あっしらの名折れとなる」

惣代十五人にも奉加帳を回してくれと、政三郎が声を張った。

「その通り！」

再び立ち上がった惣代衆は、善三郎と伊右衛門に辞儀をした。

八月の初めには、賛助金は四百両を大きく上回っていた。

「使い道はすべて惣代会にお任せします」

仲町の大店はカネは出したが、口出しは一切しなかった。

鬼右衛門退治の動きが始まった。

七

寛政五年も押し詰まった十二月四日に、佃町の安売り市場は開業を迎えた。

黒船橋南のたもとには、五日前から堂島屋自前の桟橋が設けられていた。方々から小舟を仕立てて深川にやってくる客のためだ。

一度に五杯の舟が横付けできるように、大型の桟橋周囲には十本の舫《もや》い杭が大横川に打ち込まれていた。

桟橋の隅には出迎える若い者の詰所となる小屋が普請されている。

ゴオオーーン……。

響きのいい永代寺の鐘が、明け六ツを撞き始めた。閉じられていた小屋の戸が開き、三人の若い者が飛び出してきた。

羽織っているのは赤い地の刺子《さしこ》で、背中には堂島屋の屋号が染め抜かれていた。

「おおっ、寒うう」

若い者に威勢のよさはなく、両手を口に近づけた。身体が縮こまっているのはきつい寒さのせいらしい。

安売り市場開業の朝、空には分厚い雲がかぶさっていた。桟橋に朝日は届いておらず、代わりに初雪が舞い落ちていた。

堂島屋は小寒のこの日を、開業日に選んでいた。お抱えの八卦見が、飛び切りの吉日だと見立てていたからだ。

初雪と重なることになろうとは、八卦見も読めなかったようだ。

三人の若い者が背中を丸くしているところに、堂島屋番頭の伊五郎が詰め寄った。

「ばかやろう、なんてえザマだ」

三人の頬を、平手で張った。

「開業の景気づけをするために、てめえらを雇ってるんだ。このうえ景気のわるい振舞いを続けるなら、そこの川に叩き込むぞ」

伊五郎の脅しが本物だと分かっている三人は、慌てて背筋を伸ばした。

大川の方角から、最初の舟が向かってきた。十二人の客を乗せた舟を、船頭は棹を使って桟橋に近づけていた。

＊

深川に初雪が舞い始めたとき、善三郎は黒船橋にいた。

大きく盛り上がった橋の真ん中からなら、ひっきりなしに他所からの客を乗せた船が横着けされる安売り市場の桟橋がよく見えた。

しかし何杯の船が着こうとも、深川とは一切のかかわりはなかった。

凍えが厳しい今日に舞う初雪は、粉雪に近くてサラサラだ。大横川の川面に落ちるなり、たちまち水に溶けた。

川面に降る粉雪と、遠い昔の大横川の記憶とが、善三郎のあたまの内で縺《もつ》れ合った。

あの福ちゃんが、まさか……と。

信じたくはなかった。が、喜八郎から聞かされた話の裏を取らせた結果には、思い違いの入り込める隙間などなかった。

妻籠屋鬼右衛門を名乗っている男の前身は、尾鷲屋福太郎だ。さらにさかのぼって調べさせたら、大杉屋《おおすぎや》福太郎に行き着いた。

紛れもなく、こども時分に一緒に遊んだ福ちゃんだった。

善三郎がまだ五歳だったあの日、「じゃあ、またな」とだけ言い残して、福太郎は深川から姿を消した。

あれから四十年以上が過ぎたいまになって、福太郎は深川に戻ってきた。

妻籠屋鬼右衛門を名乗り、深川に仇を為す男となって、である。

鬼右衛門ならぬ遠い昔の、あの福ちゃんにもう一度逢いたい……。

が、かなわぬ戯言《ざれごと》だと、善三郎はわきまえていた。深川のために力を貸していただきたいと、重鎮を多数巻き込んだのは他ならぬ善三郎だったのだ。

幼馴染みなどは、てまえ勝手な思い出に過ぎない。いまとなっては先頭に立ち、鬼右衛門一味の悪巧みを壊滅させるのみである。

川面に溶けた粉雪とともに、甘い感傷も大横川に溶かし捨てた。

深い息をひとつ吐き、両手をこぶしに固めた善三郎である。滑らぬように足元を気遣いつつ、富岡八幡宮へと向かい始めた。

＊

「段取り通り、近江屋さんの店先では小寒祝いの熱々の汁粉を振舞う運びだ」

御輿惣代の政三郎がしゃべると、白い息が口の周りを漂った。

他町から安売り市場を目当てに出向いてきた者に、深川は町を挙げてもてなすことを決めていた。

土地の者に加えて、他所からの客も仲町で買い物をしてくれるかもしれない……。

富岡八幡宮の氏子が総掛かりのもてなしである。

妻籠屋が広目に大金を遣って呼び寄せた客を、仲町が大事に受け入れようとしていた。

八

鬼右衛門の生家は深川黒船橋北詰の杉問屋、大杉屋である。父鴈治郎《がんじろう》は鬼右衛門が六歳の春に大勝負に出た。

浜町河岸の料亭が母屋と離れを同時に新改築することになった。請け負った棟梁は杉の調達を大杉屋に打診してきた。

樹齢百年ものの新宮熊野杉を八十本。廻漕賃まで込みで一本八十五両、総額六千八百両の大商いとなる話だった。

仕入れなどの手付金として、料亭は五百両を用意すると棟梁は付け加えた。

江戸と紀州新宮とは七日船の行き来があった。新宮での積み出し後、七日で江戸に到着する廻漕である。鴈治郎は二度新宮に出向き、条件通りの杉を一本四十五両で調達できる交渉をまとめ上げた。

翌年七月末日に、江戸新川の廻漕問屋渡しで話がまとまった。が、前例のない大量発注となったため、前金三千両、残金六百両も新宮積み出し時に支払うという、きつい条件での商談成立だった。

三千両は蓄えと料亭から受け取った前金でなんとか工面できた。しかし、積み出し時の残金六百両の手当がつかなかった。

高利を承知で金貸しを回ったが、どこも相手にしてくれなかった。嵐に遭遇し、丸太が流されたあとの担保が皆無だったからだ。

「あんまり勧めはしないが、小網町の貸元なら話に乗ってくれるだろうよ」

藁にもすがる思いで、鴈治郎は貸元銅史《どうし》朗《ろう》を訪ねた。

「材木代が入ったその日に、利息込みで千五百両の一括払いだ」

途方もない高利だったが、まだ充分利益は残る。鴈治郎は拝むようにして借金した。

高利貸し連中が嫌がった通り、荒天に出くわして丸太はすべて流木となった。

廻漕賃だけは新宮で支払っていたが、料亭の前金を含めて膨大な借金が残った。

「千五百両を踏み倒されちゃあ、若い者にもしめしがつかねえ」

カネはおめえの命と引き替えだと告げて、鴈治郎を簀巻きにして大川に投げ込んだ。

女房、こどもには銅史朗は手出しをしなかった。

鴈治郎が始末された翌日、四人いた奉公人は全員が店から離れた。

＊

大川の対岸、本湊町で仕立てられた買い物船が、ひっきりなしに安売り市場（旧火除け地）の桟橋に横着けされていた。

下船するなり船客たちは十二段の石段を駆け上り、市場に急行した。

桟橋を見下ろす角地には、板葺きの平屋が建っていた。様子を見に出向いてくる鬼右衛門専用の、お休み処である。

目の色を変えて先を急ぐ客の群れを、鬼右衛門は見詰めていた。が、硬く結ばれた口はへの字に歪んでいた。

遠い昔、簀巻きにされた鳫治郎の遺体は永代橋東詰に流れ着いた。あろうことか、公儀御船蔵の船泊《ふなどまり》に上がってしまった。

「今朝方流れ着いた土左衛門は、おめえんとこの鳫治郎だ」

十手を振り回す土地の目明しは、大杉屋の玄関先に唾を吐いた。鳫治郎の遺体が上がった場所が場所だけに、町の肝煎も目明しも御船蔵の役人から、こっぴどく咎めを受けていたからだ。

亡骸は回向院で荼毘《だび》に付した。深川の町会が動いたわけではない。鳫治郎の商売仲間だった本所の材木問屋が、男気を出して動いてくれてのことだった。

「行く先がないなら、うちに来ればいい」

言葉にすがった母は子を連れて、着の身着のままで、その日のうちに深川を出た。

遺体が御船蔵近くに上がって以来、周囲の目には温もりのかけらもなくなっていた。

七歳で材木問屋に丁稚奉公を始めた福太郎を残して、母は行方知れずとなった。

両親を奪ったのは深川だと思い込んだまま、福太郎は丁稚から手代となり、ついには独り立ちを果たした。

鬼右衛門となったあとは深川への仕返しを企《くわだ》てた。

大成功した鬼子母神同様に、潰れとなった商家を土地もろとも買い叩くのだ。

旧火除け地の市場は、最初からカネの吐き出しとなるのは織込み済みだった。仕入れ値の半額以下の安値をつけていたからだ。

たとえ何百両の損を出そうとも、あとで充分に取り返せるのは入谷鬼子母神で経験済だった。

企《たく》らんだ通り、火除け地跡の安売り市場には連日、買い物客が押し寄せていた。が、全員がよそ者で、深川っ子は皆無だった。

しかも富岡八幡宮表参道に並んだ商家も土産物屋も、市場に押し寄せた客で商いが伸びていた。

鬼右衛門が投じた莫大な費えは潰れを出すどころか、逆に深川の商いを潤わせていた。

念入りに組み立てた企てが、初めてしくじりとなりつつあった。

身の内から湧きあがる怒りで、鬼右衛門の白目が深紅に塗り代わって燃え立っていた。

＊

去年の開業から昨日までのなかで、一日およそ十七両の損を出して安売りを続けてきた。

まったくの当て外れとなって二十日が過ぎたとき、鬼右衛門は大勝負を仕掛けることを決めた。

年明けの節分に、深川の連中を市場に引っ張り込む勝負を、である。

寛政六年正月四日が、この年の節分となった。明日は立春で、節《せっ》が変わる。

前夜から吹き荒れている乾いた寒風は、節分の朝になっても一向に衰える気配がなかった。

今日は安売り市場で節分の豆まきが催される。旧臘《きゆうろう》二十五日に広目摺りを三千枚も深川だけに絞ってばらまいていた。

夜明けの薄い光のなかで、鬼右衛門は広目摺りを読み返していた。

「豆まきは四ツから」

「この広目摺り持参の先着二百人に限り、雑穀二升入りの麻袋取り放題」

「豆まきには三百二十粒の赤豆あり。広目摺り持参の者なら、赤豆ひと粒につき一朱金一枚と取り替え出来」

ひとの本性はカネに弱いと、鬼右衛門は思い込んでいる。

一朱金三百二十枚は二十両相当だ。拾った赤豆はひとり何粒でもいいと、限りをつけていなかった。

雑穀二升に金貨三百二十枚。

これだけの撒き餌をされても寄って来ない魚など、いるはずがないと鬼右衛門は確信していた。

夜明けとともに若い者に言いつけて、真っ赤なのぼり二百本を黒船橋から市場に至る道筋に立てさせる手はずである。

一日十七両の損ぐらい、たとえ百日続いても、いまの妻籠屋はびくともしない。蓄えは二万両を超えていたし、田所検校はもっと冥加金を遣えと催促していた。

四ツが今日の勝負の始まりだ。

広目摺りを膝元に戻した鬼右衛門は、落ち着いた口調で自分に宣した。

＊

四ツまであと四半刻（三十分）に迫っても、広目摺り持参の者はただのひとりも現れなかった。

他町からの買い物客は、節分の今日もすでに何百人も市場に入っていた。しかし先着二百人の雑穀摑み取りの広目摺り持参の深川者はひとりもいなかった。

鬼右衛門は豆まき舞台下で裃《かみしも》に着替え、脇差まで佩《は》いて待ち構えていた。しかし四ツが鳴り始めるなり、堂島屋当主を呼び寄せた。

「豆まきは、あんたの仕事だ」

怒りではなく真っ平な顔を堂島屋に向けた。

鬼右衛門は控えの間に戻るなり、裃を脱ぎ捨てた。

豆まきは予定通りに始まった。飛び交う歓声は鬼右衛門にも聞こえた。

田所検校と手を組んで以来、初めて負け戦の苦さを味わっていた。

負けを受け入れる度量。

手仕舞いを決断する度胸が、鬼右衛門には備わっていた。

節分の日の夕刻、鬼右衛門は堂島屋を呼びつけた。

「ここの市場は今日限りだ」

鬼右衛門の両目には憤りの炎が燃え立っている。堂島屋は指図を受け入れるほかなかった。

「明日の朝五ツから直ちに取り壊しにかかれるよう、抜かりのない手配りをいまから進めてくれ」

鬼右衛門がいまからと言えば、それは直ちに、いまからである。

「うけたまわりました」

ひとことも言い返さずに鬼右衛門の前から下がったあとで、堂島屋は伊五郎と向き合った。

「明日の朝、五ツからここの取り壊しを始める。費えは構わないから、壊し屋を集めてくれ」

伊五郎も余計な問いかけはせず、人足足袋で石ころをおし込めながら市場を出た。黒船橋たもとで自前の舟に乗り込んだあとは、本所竪川に向かえと船頭に言いつけた。

節分の日暮れは早足である。大横川に架かる蓬萊橋をくぐったときには、薄闇が舟にまとわりついていた。

広目摺りを三千枚ばらまいても、深川っ子をひとりも集めることはできなかった。

伊五郎もまた、負け戦の苦い味がこみ上げてくるのを抑えられずにいた。

船頭の漕ぐ櫓が虚ろな音を立てていた。

＊

正月五日、五ツ。吹きすさぶ寒風のなかで、出来て間もない市場の壊しが始まった。

壊しが始まるなり、うわさは深川中を駆け抜けた。五ツからまだ四半刻も経たぬうちに、市場の周りには幾重もの人垣ができていた。

今日で廃業とは知らずに買い物に出向いてきた、他町からの客。

壊し見物に出張ってきた深川の住人。

これらのひとが混ざり合って、分厚い人垣を作っていた。

ひときわ寒風が強くなった四ツ過ぎに、壊し真っ直中の建家から火の手が上がった。

壊し屋の連中が吹き飛ばした煙草の吸い殻が、廃材に火を回したのだ。

「ばかやろう、なんてえことを！」

見物していた佃町の漁師が、直ちに町内の半鐘を内側からこすった。火元はここだと報せる擂半《すりばん》である。

仲町の辻に建つ江戸で一番高い火の見やぐらも、間をおかずに擂半をこすり始めた。

最初に駆けつけた火消しは、本所深川南組の二番だ。佐賀町と大島町に火消し蔵があり、人足は二百人を数える大所帯だ。

二番には男ぶりを売る臥煙《がえん》も多く人足に加わっていた。

背丈は五尺八寸（約百七十六センチ）以上で、肌は色白。真冬でも薄物一枚に素足で町を歩き、背中の彫り物を透かし見させるのが臥煙だ。

火の手の上がった市場に飛び込むなり、臥煙衆は巨大な掛矢《かけや》（壊しに使う大槌）を振って建家を壊した。

元々が火除け地だった敷地である。寒風に煽られても、佃町の漁師宿からは一町（約百九メートル）以上の隔たりがあった。

次々に駆けつけてきた火消し人足の働きで、火は半刻も経たぬうちに根元まで退治できた。

湿りのジャンを佃町の半鐘が打ったときには、深川っ子たちが大喝采した。

「おかげで助かりやした」

口惜しさを隠した伊五郎は二番の組頭に身体を二つに折って礼を言った。

組頭は伊五郎にあたまを上げさせた。

「あんたに礼を言われたくて、火消しにかっ飛んできたわけじゃねえ」

組頭の物言いは穏やかだが、眼光は伊五郎の胸元を射貫いていた。

「でえじなうちらの町内を、得体の知れねえよそ者の火で焦がされるのはまっぴらだ」

組頭も臥煙のひとりで、五尺九寸（約百七十九センチ）の上背がある。四寸（約十二センチ）も低い伊五郎を、組頭は見下ろして話した。

「一刻でも早く後始末をして、うちらの町から出てってくんねえ」

焼け残った廃材は、佃町と仲町の湯屋（銭湯）で引き取ってもいいぜ……組頭が口にした言葉は、寒風に乗って人垣を作っている深川っ子にも届いた。

「燃え残りの運び出しなら手伝うぜ」

仲町の半纏をはおった男の声に野次馬がどよめいた。

伊五郎はうつむいて、強く唇を噛むばかりだった。

＊

ときに木枯らしを思わせた寒風も、立春の夕刻には律儀に収まった。

「五日に昇る月は、まだまだ若い」

月に詳しい嘉介が、与一朗に講釈を始めた。嬉しい酒に限り、嘉介は饒舌になった。

おとよが支度した酒も肴も、嘉介好みである。たちまち徳利二本をカラにしていた。

「三日月がわずかに膨れたようなのが、五日の月だ」

手酌の盃を干した嘉介は、目の前の与一朗を見た。

「エビと鯛とヒラメのすり身を混ぜ合わせたのがおぼろだと、おまえは知ってたか？」

出し抜けに問われた与一朗は、答えに詰まった顔で首を振った。

「おぼろというのは、もとから美味かったもの同士が、ひとつになるように縺《もつ》れあうことが大事だ」

尻を持ち上げた三本目の徳利も、すでにカラになっていた。

「うちはおかしらの元で、だれもが見事に混ざり合ってひとつになって対処してきた。今度の騒動もおかしらの働きが大きかったが」

嘉介は徳利を脇にどけて与一朗を見詰めた。

「このたびはおまえの親仁《おやじ》様が、存分に力を振るってくれた」

深川各町がひとつにもつれ合えるように、小島屋さんが大きな汗を流してくれた。

「端緒を嗅ぎつけたおまえも、いい働きをしたぞ」

褒めたあと、もう一度与一朗を見た。

「おまえももう、一年になるか」

しみじみ言われた与一朗が尻をもぞもぞと動かしたとき、嘉介はカラの徳利に手を伸ばした。

「おとよさあああん」

嘉介に似合わぬ猫なで声で、おとよに酒の代わりを頼んだ。

池の鯉がパシャンッと跳ねた。

おぼろの月が仲町の空に昇る夜も、もう間近だった。

にごり酒

一

寛政六年二月十三日、五ツ（午後八時）。

長火鉢の前に座した妻籠屋鬼右衛門は、盃を干すたびに苦い顔を拵えた。

昼間は日に日に暖かさが募っていた。朝昼の長さが同じとなる春分も、あと八日だ。

今戸橋たもとの桜も、つぼみが膨らみ始めていた。が、夜はまだ火鉢が恋しかった。

長火鉢の銅壺《どうこ》は強い湯気を立ち上らせている。鬼右衛門が炭を足したからだ。

先月の深川でのしくじりを思い返すにつけ、飲まずにはいられなかった。

しかし酒は気分を変えてはくれなかった。

盃を重ねるたびに、灘酒は身体の芯に潜んでいた苛立ちを引っ張り出した。

酒を途中でやめた鬼右衛門は、腕組みをして目を閉じた。深川のしくじりと向き合わず、酒に逃げたおのれの甘さに腹立ちを募らせていた。

吐きだした深い息が、銅壺から立ち上る湯気を揺らした。

＊

尾鷲屋福太郎がさよ乃と引き合わされたのは十七年前、安永六年五月のことである。福太郎三十四、さよ乃二十四の夏だった。

当時の幕府は財政難に直面しており、御金蔵は底が見え始めていた。

「一刻も早く御金蔵を豊かにすることこそ、まつりごとを委ねられた我らには一番の重要課題である」

老中田沼意次《たぬまおきつぐ》は幕閣にこう宣言した。方策として多くの株仲間を組織させ、冥加金の徴収を図った。また蝦夷地の開拓、下総印旛沼の干拓も推進し、公儀直轄地からの増収を計画した。

算術に長けた者を重用する風潮が世に蔓延し、役職者への賄賂が横行した。

そんな時代に福太郎はさよ乃を娶《めと》った。

中立ちをしたのは今戸の貸元、布袋《ほてい》の吾朗《ごろう》である。

さよ乃の父友禅屋鴇右衛門《ときえもん》は、吾朗の賭場に出入りしていた。江戸の大尽たちは意次の作り出した好景気の恩恵を受け、大金を料亭と吉原で散財していた。

友禅屋は、吉原の中見世や小見世を相手とする中堅の呉服屋だった。鴇右衛門の遊び方は身の丈を大きく超えており、大店当主でもためらいを覚えるような張り方をした。

長い付き合いがあったがゆえに、吾朗は鴇右衛門を配下の者には委ねず、長火鉢の前に呼び入れた。

安永六年一月、左義長《さぎちょう》（どんど焼き）を翌日に控えた夜だった。この年すでに鴇右衛門は、今戸の賭場に三度遊びに来ていた。

十両のカネはいつも持参してきた。が、派手な張り方で、たちまち持ち駒を失った。あとは賭場のツケで遊んでいた。吾朗がツケを許していたからだ。

「あんたがどれだけうちに借金を背負っているか、分かっているのか？」

「二百そこそこでしょう」

鴇右衛門はこともなげな口調で返答した。

「賭場が貸すのは、からすカアで利息が増える高利のカネだ」

いまでは四百十六両だと聞かされた鴇右衛門は、こめかみに血筋を浮かせた。

吾朗の口調が変わった。

「あんたとは長い付き合いだから今夜まで待ったが、ツケは増えるだけだ。しかもあんたは幾ら借りているかすら呑み込んではいない」

他の客ならすでに取り立てに出向いているところだと、吾朗は静かな口調で告げた。

「大尽連中は好景気だと浮かれているが、いつまでも続きはしない。手元のカネで払えるうちに、ここのケリをつけろ。次はないぞ」

吾朗は低い声で凄んだ。

「賭場から取り立てを請け負う連中は、検校貸しも脇にどくというほどに手強い」

手持ちの駒札はカネに戻して、ツケの払いの足しにしろ……言われた鴇右衛門は、初めて真顔を吾朗に向けた。

「駒は一枚もない。店には四百十六両を払えるゆとりもありません」

鴇右衛門はかすれ声で応じた。

「幾らなら払えるんだ？」

「精一杯気張っても二百両が限りです」

端正な顔を歪めて鴇右衛門は答えた。

「論外だ」

吾朗の声がさらに低くなった。声が小さい分、凄みが増した。

「賭場の借金を甘く考えているようだが、おれの別の顔が見てえのか？」

両目を尖らせた吾朗は、物言いまで伝法《でんぽう》なものに変わっていた。

「手持ちのゼニがねえというなら、反物も家屋敷も売り払って作れ」

吾朗に見据えられた鴇右衛門は、座したまま上体を後ろに引いた。

呼び寄せたわけでもないのに、賭場の若い者三人が吾朗の後ろに集まってきた。

「叩き売っても足りねえときは、おめえの娘も女衒《ぜげん》に渡すぜ」

どうするんでえ、友禅屋……。

鴇右衛門の芯に染み通るまで、吾朗は口を閉じて待った。

大きなため息をついてから、鴇右衛門は吾朗の目を見た。

「仕入れに備えた蓄えを含めても、三百両には届きません」

有り金すべてを差し出しては商いに障る。商いが行き詰まっては、残金も払えなくなる。

「いまは百五十両を払わせていただき、残りは商いの掛けが入り次第ということで、なにとぞご容赦をいただきたい」

鴇右衛門は背筋を伸ばしたまま、吾朗に頼み込んだ。

「いいだろう」

驚いたことに吾朗は相手の言い分を呑んだ。控えていた若い者が賭場に戻って行った。

「あんたが泣き落としの振舞いに出なかったことを了《よし》としよう」

口調をわずかに和らげた吾朗は、ひとつの問いかけをした。

「あんたは娘に婿を取る気でいるのか？」

ひとり娘しかいない友禅屋である。二十四になっても嫁にも出さず家に留めているのは、婿取りをする気でいるとしか思えなかった。

鴇右衛門の返答はまるで違った。

「手代のなかのだれとも、添い遂げる気にはなれないと娘は言い続けています」

どう婿を取ればいいのか娘に手を焼いていると、鴇右衛門は答えた。

「そういうことなら、おれの気が変わらねえうちに、とっとと嫁に出しねえ。言ってはなんだが、あの娘は相当に気が強い。並の男じゃあ、歯が立たねえだろう」

そう言いながらも吾朗は娘を買っていた。

「あの娘がここで遊んだときに見せた勝負強さには、盆の壺振りが本気で感心していた」

吾朗は友禅屋に目を合わせた。

「おれが見込んでいる男がいる。その男との祝言なら、中立ちしてもいい」

吾朗は静かな口調で請け合った。

「今戸で熊野の杉を扱っている尾鷲屋という杉問屋のあるじだ」

まだ三十四だが肝の太い男だと、吾朗は人柄を請け合った。

「二十四にもなって嫁にも出さずに手元に置いているのは、親父のあんたが甘すぎる」

見合がいやだと言うなら、この話はそっくり無かったことにする。家も反物も、二十四の娘も叩き売る。

「それでも足りねえ分は、友禅屋の奉公人から取り立てる。そいつらにゼニがなけりゃあ、佐渡の金山人足に売り飛ばす」

凄む吾朗の目から炎が燃え立っていた。

「よしなにお願いします」

鴇右衛門は膝に載せた両手をこぶしに握って返答した。

友禅屋を帰した翌日、吾朗は福太郎を呼び寄せた。

「おめえに縁談を用意したぜ」

くつろいだ口調で、吾朗は前夜の話を聞かせた。が、細かなことは明かさなかった。

福太郎の縁談なら、後見人になってもいいと吾朗は肚を決めていた。

それほどに福太郎を買った理由は、一昨年夏の出来事にあった。

吾朗は江戸の北側を束ねる格の貸元である。

「熊野杉を扱える杉問屋があったら、布袋のが中立ちをしてくれねえか？」

芝神明の貸元から頼まれた吾朗は尾鷲屋を呼び、できるかと質した。地元の勢いのある問屋だったし、熊野杉に通じていることは知っていた。

芝の貸元は土地の神社から熊野杉百本の注文を受けていた。杉問屋は何軒もあったが、熊野杉に限るとの縛りを聞くと、だれもが断っていた。

「うちのような小さな所帯に声をかけてもらえるなら、命がけで請け負います」

福太郎はその場で引き受けた。

こころざし半ばで横死した父・鴈治郎の遺志を、我が手で成就させる。

その決意を込めて、福太郎は屋号を尾鷲屋と定めた。開業から日をおかず、七日船で新宮に向かった。

「かならず大仕事を請け負います。その折りには、なにとぞお力添えを賜りますように」

問屋にあいさつ回りをした夜、土地が在所の若者三人と面談した。三人を引き合わせてくれたのは、鴈治郎が大事に付き合っていた杣宿のあるじだ。

「三人とも杉はほどほど読めるが、山に入るよりも江戸に気がいっておるでのう」

江戸と新宮とを七日で結ぶ「七日船」。船が運んで来る江戸の香りに、三人とも強く惹かれていた。

「小さな所帯だが、おれはかならず熊野杉の大仕事を獲る」

その日に備えて、うちで奉公してくれと、福太郎は口説いた。東の空が白む頃、三人とも尾鷲屋奉公を承知した。

あの日から三年。

ついに福太郎が請け負えた大仕事だ。

「初陣を飾るぞ」

手代三人を同道し、新宮に乗り込んだ。鴈治郎譲りの確かな吟味眼には、杣宿の職人たちはもちろん、手代三人も改めて畏怖の念を深くした。

福太郎の秀逸なところは、大量の買い付けに地元の問屋をかませたことにあった。

「これで今後とも、おまえたちも地元で幅が利くだろう」

杣宿との直取引はせず、問屋を加えたことで配下の三人も在所でいい顔ができた。

廻漕問屋の手配りも、問屋の仲介ですこぶる滑らかに運んだ。

「うちの親方は、桁違いに大きなひとだ」

この買い付けで手代三人は、福太郎への生涯の忠誠を誓い合っていた。

芝神明の貸元が出した条件に適う杉を仕入れたあとは、福太郎たち四人が廻漕船に乗って江戸まで運ぶことになった。

途中、遠州灘で嵐に遭遇した。丸太百本を曳いたままでは、曳航船もろとも沈没するという難儀に直面した。

「七十本なら曳ける」

船頭の言い分を呑んだ福太郎は、三十本を切り離した。荒波にさらわれた杉丸太は、二度と戻ってはこない。

それを承知で切り離した船は、嵐を乗り越えて清水湊に入港した。

「おまえたちはこの七十本を江戸まで廻漕しろ。わたしはもう一度新宮に戻る」

再び新宮に戻った福太郎は、土地で雇った若者ふたりを手伝いにして三十本を廻漕した。

約定の日までに百本すべてが揃った。

この男は、損切りの潮時を見極められる。

正味で福太郎を買ったのは、吾朗がこれを強く感じ取ったからだった。この廻漕がきっかけで、福太郎は江戸中の貸元から杉の注文が受けられることになった。

納めが終わるたびに吾朗に仔細を話し、儲けの一割五分を割り戻してきた。

幼い頃、材木の廻漕失敗で全てを失った父は、失意のまま亡くなった。以来、頼る者のなかった福太郎にとって、吾朗は初めての止まり木のような存在だった。

そんな付き合いのなかで、吾朗は縁談を持ちかけた。

「そろそろおめえも女房を娶る歳だろう」

女房持ちのほうが商いにも幅が利くし、相手から信用もされると吾朗は口にした。

「いい女がいたら、おれが中立ちをするぜ」

「お願いします」

福太郎はあたまを下げた。

大門《おおもん》さえ潜れば、一夜の夜伽相手に不自由はしない。ゆえに福太郎は女房を娶ることは考えてこなかった。

しかし親父代わりと慕う吾朗に言われるならと、福太郎は考えを変えた。

吾朗が中立ちをした見合のあとは、渋々応じたはずの鴇右衛門がだれよりも乗り気となった。

福太郎の肝の太さに、商人として感ずるものがあったのだろう。

祝言は見合からさほど間をおかず、安永六年九月に挙げた。

「まことに良縁をいただきました」

福太郎は仲人役の吾朗に十両、さよ乃の実家には結納金として五十両を差し出した。

当時はまだ田沼意次が幕府の舵取りをしていた。遊郭の景気は上々で、中見世相手の友禅屋も大きな儲けが得られた。

鴇右衛門は賭場に抱え持っていた借金を、安永七年末には完済した。

表面的には夫婦仲はよさそうに見えた。しかし内情は見た目とは大きく違っていた。

始まりは祝言の夜からだった。

「わたしは子育てなどまっぴらです」

甘やかされて育っていたさよ乃は、お産で苦しい思いをするのはいやだと言い放った。

「お子が欲しいなら、どうぞ外にお作りください」

福太郎はしかし、半ばすっきりした思いでさよ乃の言い分を聞いていた。

吾朗にすべてを委ねての祝言である。相手を好いて好いての果てではなかった。

このひとも、心底望んだ祝言ではなかったかと思うと、吹っ切れた気になった。

「外に向かって上手に取り繕ってくれれば、あとは好き勝手にしてくれればいい」

外に向かってとは、吾朗を指していた。

正味で自分の行く末を案じてくれた吾朗には、夫婦仲がいいと思わせたかったのだ。

ふたりは格別にもめ事を起こすでもなく、それぞれが好き勝手に過ごした。

福太郎の吉原通いは続いたが、さよ乃はまるで気に留めなかった。

祝言から八年、福太郎が本厄を迎えた天明五年一月、吾朗はふぐ毒にあたって急逝した。

組を委ねる者を決めぬままに逝ってしまい、跡目争いで大もめを生じた。

芝神明の貸元の意向で、三番手の代貸傳吉《でんきち》が跡目を継ぐことになった。

吾朗が福太郎を大事にすることを、かねてから苦々しく思っていた男である。

「あんたは吾朗さんを慕っているようだが、あのひとは違っていたぜ」

傳吉は吾朗をあのひと呼ばわりしながら、さよ乃を引き合わせたいきさつを話し始めた。

「友禅屋への貸し金をしっかり取り立てる算段のひとつに、あんたと友禅屋の娘とを引き合わせただけだ」

友禅屋がもしも返済に詰まったときは、あんたから取り立てる肚だった……傳吉は言葉を吐き捨てた。

傳吉が福太郎を疎んじていたことには、もうひとつわけがあった。傳吉にすり寄ってくる材木問屋が三軒あった。

その面々には福太郎が邪魔だったのだ。

「親切に教えていただき、ありがとさんで」

その夜を境として、福太郎は組への出入りを閉じた。

吾朗のまことがどうであれ恩人であったことは間違いない。ことの真偽などどうでもよかった。

鴇右衛門がいまでは一切、賭場に出入りしていないことは分かっていた。が、傳吉の話を聞いたあとでは、鴇右衛門に向ける目に色がついてしまった。

傳吉との付き合いをみずから断ち切ったことで、尾鷲屋の商いは三割も減った。

「この先三年は、いまほどの商いしかなくても尾鷲屋はなんともない」

言い切った福太郎の顔を見て、奉公人たちは安心した。杉の廻漕で三十本を捨てると決めたときの顔を、いまも見ることができたからだ。

布袋の吾朗急逝から一年後に、将軍家治《いえはる》が逝去した。

田沼は存命中の家治から不興を買い、遠ざけられていた。家治逝去で、田沼の失脚は決定的なものとなった。

あとを継いで老中となった松平定信《まつだいらさだのぶ》は、徹底した緊縮財政を目指した。そして行き着いたのが、札差への旗本・御家人の借金棒引きを宣した棄捐令発布である。

札差と材木商が死に体となったのを見て、庶民は喝采した。しかし鴇右衛門は青ざめた。

暮れの掛け取りに不安を覚えたからだ。

その不安は案の定的中し、師走の初めに金詰まりとなった。

実家の様子を案じながらも、さよ乃は福太郎に助けを求めはしなかった。

さよ乃は一行の書き置きも遺さぬままに入水した。

季節は冬だったが、役人からさよ乃の水で膨らんだ遺体が戻されるまでに、二日が過ぎていた。

福太郎は三日目、四日目の二日間、寝間に横たえられたさよ乃と過ごした。線香と灯明を欠かさぬことが供養と考えて、丸二日、福太郎はさよ乃のそばで寝ずの供をした。

さよ乃との日々を思い返すことで、懸命に押し寄せる睡魔を追い払った。

五日目の明け六ツ（午前六時）の鐘が、福太郎にひとつの大事を悟らせた。

福太郎との間に、深い隔たりを保ち続けたさよ乃だった。が、尾鷲屋に大きな隆盛を呼び込んだ、強い星の持ち主こそさよ乃だったと、鐘の撞き終わりどきに思い知った。

悟りで、福太郎のこころのたがが外れた。

さよ乃が隔たりを保っていたのではない。

好きに暮らせばいいと、自分のほうから突き放していたと、いきなり気づかされた。

さよ乃の実家に手助けをしなかったことにも、福太郎はきちんと言い訳を用意していた。

底なしの苦境に直面していた実家を、福太郎は見放した。さよ乃もろともに、いかにも筋が通っているかの理由を用意して。

なんと器量の小さい男だと、あの明け方、福太郎は、おのれを強く罵《のの》った。

せこい男、情の薄い男がこの先も商いを続けるなら、器量なしの男に釣り合った生き方をするしかない。

一切の義理人情に背を向ける。そして世間様から唾棄される、非道な裏街道を進む。

これがさよ乃への手向けだと福太郎は肚を括り、骨揚げをした。

＊

「カネはカネのにおいを知っている」

自分に言い聞かせてから、鬼右衛門はまた盃を満たした。

ひとつの思案が固まりつつあった。

酒はもう苦くはなかった。

手を叩いたら手代が駆けてきた。

「明日の八ツ(午後二時)に、この面々を呼び寄せてくれ」

鬼右衛門は半紙を手渡した。すでに四人の名前が書き記されていた。

「もう一度、振り出しからですね」

手代の言ったことに、鬼右衛門は深くうなずいた。

銅壺の湯気が揺れた。

二

鬼右衛門のもとには、図抜けた技を持つ役者・耳・蹴出《けだ》し・小僧の四人がいた。

役者は変装が特技である。縞柄《しまがら》のお仕着せを着て、大店の三番番頭に扮《ふん》していた。

髷《まげ》もお店者《たなもの》風だが、かつらを取れば禿頭《とくとう》である。どんなかつらでもかぶれるように、毎日禿頭に剃刀をいれていた。

耳は聞き込み、盗み聞きの達人である。

大きな耳たぶに手を添えれば、五間(約九メートル)離れた場所で交わされる内緒話をも、確かに聞き取った。

蹴出しは女形の役者である。

「十七から七十まで、素人にも玄人にも化けますから」

蹴出しと呼ばれるいわれは、男の気をそそる緋色の蹴出しの使い方が秀逸だからだ。必要なら標的の男と閨《ねや》も共にする。

蹴出しの真の歳は鬼右衛門も知らない。

四人目の小僧は背丈が五尺（約百五十センチ）、目方は十貫（約三十八キロ）の小柄で、顔には一本のしわもなかった。

丁稚小僧にも、裏店暮らしのいたずら小僧にも化けられる。素のあたまは役者同様に禿頭である。化ける小僧の身分に合わせて、さまざまな髪型のかつらをかぶった。

この四人の髪結いを一手に引き受けている髪結い床には、二十種を超えるかつらが用意されていた。

にかわを素《もと》に使って仕上げた糊《のり》は、かつらをつけたまま川に飛び込んでも剝《は》がれ落ちることはなかった。

妻籠屋から仕事依頼があれば、四人とも他の仕事を断ってでも引き受けた。桁違いに報酬がよかったこともある。が、鬼右衛門からの仕事には、突拍子もなさがつきものだった。

図抜けた技を売る四人である。指図された仕事は常に、至福の満足感を秘めていると分かっていた。

「このたびの深川が不出来となったのは、あちらに絵図を描いた知恵者がいるからにちがいない」

鬼右衛門の口調は、強い怒りをはらんでいた。

「その知恵者を手分けして突き止めてくれ」

一日五両の日当に加えて、調べに使う費えは青天井でいいと告げた。

「おれを虚仮《こけ》にした者には、相応の仕返しをする」

四人に話すときの鬼右衛門は、自分をおれと呼んだ。

「冥土《めいど》にまでカネは運べない」

話しながら、目に力を込めて四人を見た。

「金儲けに走り続け、やっとの思いで千両箱を積み重ねた直後に、ぽっくり逝った男をおれは何人も見てきた」

生きている間に、生きたカネの遣い方をする。

おれを虚仮にした男を見つけ出すためなら、千両遣っても惜しくはない。

「絵図を描いた者をあぶり出してくれ」

当座の費えとして、鬼右衛門は四人銘々に二十五両包み四つずつを手渡した。

鬼右衛門の前から下がった四人は、直《ただ》ちに動き始めた。

一日五両の日当を払いながら、鬼右衛門は幾日以内にとの限りはつけなかった。

探りを長引かせれば、四人の実入りは増える仕組みだ。が、四人にはわれこそこの道の達人だとの矜持《きょうじ》があった。

一日延ばせば五両余計に入るなどとは考えず、直ちに絵図を描いた男を捜し始めた。

「富岡八幡宮御輿の惣代衆十五人が、力を貸したようだ」

最初にこれを突き止めたのは耳だった。

「わけ知りの大工がふたりいる。手分けして、こいつらから仔細を聞き出そう」

耳と役者が手分けして、女に弱い惣代の名を探り出した。

冬木町の惣代、十四郎がその男だった。

「あとはまかせて」

蹴出しが十四郎を落としにかかった。

いかなる手を使ったのやら、蹴出しは翌々日には答えを手に入れた。

「蓬萊橋南詰に、板塀で囲った損料屋があるのよ。品物を納めた蔵が二つという、ほどの店構えだったわ」

蹴出しはすでに損料屋を検分していた。

「そこのあるじの喜八郎が絵図を描いた張本人らしいわよ」

喜八郎の名は十四郎から聞き出していた。が、まだ喜八郎を見てはいなかった。

「損料屋の爺《じじ》ぃが、妻籠屋さんを虚仮にしたというのか？」

役者は素の表情を見せて驚いていた。

「爺ぃではなさそうね」

蹴出しは喜八郎の年格好も十四郎から聞き出していた。

「まだ四十前で、目の窪んだ様子のいい男らしいのよ」

蹴出しの赤い舌が唇を舐めた。

「喜八郎に手出しをするのは、まだ早い」

役者が蹴出しを止めにかかった。

「あれだけの絵図を描いた知恵者だ。急《せ》いては事をし損じるとは、この男のことだろう」

役者の言い分には耳も小僧も深くうなずいた。

「おれたち三人で手分けして、喜八郎の仔細を探ってみる」

なにか裏の事情でもない限り、四十前の様子のいい男が、損料屋のあるじなどになるはずがない……役者は思案顔を蹴出しに向けた。

「あんたは十四郎でもおもちゃにしながら、探りが終わるまで待っててくれ」

役者は強い口調で蹴出しに告げた。

「食べ飽きたのよ、もうあの男は」

ぶつくさこぼしたものの、蹴出しは役者の言い分を受け入れた。

喜八郎につながる糸口をさらに深く掘り下げたのが耳だった。

米屋政八に目をつけたのも耳である。

蔵前の札差といえば、最初に屋号が挙がるのは伊勢屋四郎左衛門だった。

蔵前の事情通八人のなかで、米屋政八を詳しく知っていたのは、瓦版売りの傳八《でんぱち》だけだった。

その傳八には役者が近寄った。

「あたしは諸国を巡る小芝居小屋付きの、戯作書きでございまして」

蔵前の事情通といえば、だれに訊いても傳八師匠の名が上がりますと持ち上げた。

「去る寛政元年の棄捐令で、蔵前は軒並み青息吐息に陥ったと聞いております」

その仔細をお聞かせください、傳八師匠ならだれも知らない裏事情までご存じでしょうと、役者は目一杯の追従を言った。

「そうかもしれないやね」

胸を反り返らせた傳八を、役者は柳橋の小料理屋・春日《かすが》の四畳半に誘い込んだ。耳の指図で、その夜は他の客をすべて断っていた。

肉置《ししお》きがよく丸顔で、胸元が豊かに膨らんでいる女が傳八の好みであることも、耳は調べ上げていた。

耳は傳八ごのみの女・おのぶを、店に囲っていた。

「どれだけひいき目に見ても、米屋の当主があれほど聡明だったとは思えないやね」

いきなり米屋の名を聞かされた役者は、本気で続きを聞きたがった。

「聡明とは、なにを指しておいでなので？」

役者の目配せで、おのぶは傳八に寄りかかった。酌をする手が傳八に触れた。

「そう言ってはなんだが、あたしは相当の目利きだと自負している」

「そうでしょうとも」

役者も徳利を差しだした。傳八は盃を飲み干して役者の酌を受けた。

「米屋の先代は大した人物だったが、いまの当主はぼんくらのくせに頭だけ高い」

あれほど巧みに棄捐令の怒濤を乗り越えられたのは、あの男の知恵があったからだと傳八は断じた。

あの男の知恵とは何かを聞き出すために、おのぶは何度も傳八の手に触れた。

持ち重りしそうに膨らんだ紙入れを、役者は傳八の前に差し出した。そうすることで、傳八の話しぶりを滑らかにした。

「米屋先代は、息子の出来がいまひとつだと早くから見抜いていた。喜八郎という名の、目の窪んだ男を番頭格で迎えたのも先代だ」

あの男が知恵袋だったのは間違いないと、傳八は見当を口にした。

「米屋の古参手代が漏らしたことだが、喜八郎は北町奉行所の与力と昵懇《じっこん》らしい」

傳八は散々にもったいをつけた挙げ句、北町奉行所の名を出した。

耳は米屋の手代の田四《たし》郎《ろう》が常に不満を口にしていることを、たちまち突き止め、近づいた。

役者・耳・小僧の三人が目一杯に動き、四日目には喜八郎が着ていた隠れ蓑が剝がされた。

「ここから先は妻籠屋さんに話して、指図を仰ぐことにしよう」

役者に従い、四人は妻籠屋と向き合った。

「絵図を描いた男は蓬萊橋の損料屋当主、喜八郎という男です」

地名を聞いた妻籠屋は一瞬顔色を動かした。

筆達者の小僧は、ここまでの調べを一冊の帳面にまとめていた。妻籠屋は一行も読み飛ばさずに最後まで読み通した。

「さすがはあんたらだ、頼んでよかった」

ねぎらいを言ってから、さらなる事柄を問い始めた。

「喜八郎が元は北町奉行所の同心だったと、ここに書いてあるが、間違いないのだな？」

「ありません」

即答したのは耳だった。

「そこにも書いてありますが、喜八郎は蔵前の札差、米屋政八とかかわりがあります」

その米屋の手代から聞き出した話で、間違いはないと耳は言い切った。

「秋山久蔵がいまでも北町の与力なら、調べる手立てはある」

鬼右衛門は田所検校を使って調べる気になっていた。

「田所さんは、北町の庶務方筆頭与力とは昵懇の間柄だ。詳しいことが分かるだろう」

あとは任せろと結んで、四人を帰した。

田所から仔細を記した書状を町飛脚が届けてきたのは、桃の節句の昼過ぎだった。

田所は検校でいながら、薄目は見えている。大事な報せは、みずから筆を取って書状にした。

受け取った日の夜に、鬼右衛門は四人を呼び集めた。

「まさに喜八郎は北町奉行所の一代限りの同心だった。喜八郎の元の上役が秋山久蔵だ」

田所検校は、よほどに大金を庶務方筆頭与力に融通しているらしい。喜八郎が同心職を辞したいきさつまで、漏らさず聞き取っていた。

「この男なら惣代衆を束ねて、おれに刃向かうこともしてのけたと得心がいった」

鬼右衛門の話を聞き終えたあと、役者が付け足しを話した。

「喜八郎は妻籠屋さんのことも調べ尽くしています」

蹴出しの手管にかかれば、十四郎は飼い犬も同然だった。蹴出しが知りたいことは、すべて十四郎が動いて話を拾っていた。

「仲町の老舗料亭江戸屋の女将秀弥は、喜八郎と恋仲です。喜八郎を攻めるなら、秀弥を的《まと》にするのが上策でしょう」

損料屋は番頭の嘉介が仕切っており、隅々にまで目配りが行き届いている。騙《かた》りの話を持ちかけても、まるっきり無駄ですと断言したのは小僧である。

「大きな寄合があるので、箱膳二百の手配りをお願いしたいと、損料屋に持ちかけました」

前金まで用意すると申し出たが、嘉介はまったく話に乗ってこなかった。

「あの嘉介という番頭は、こっちの丁稚小僧の扮装を見抜いたような目を見せました」

正体を見抜いた男は嘉介が初めてだと、小僧は悔しそうな物言いをした。

役者たちの話を聞き終えたところで、鬼右衛門は江戸屋に乗り込むぞと宣した。

「おれの正体を分かっているというなら、こちらも真正面から敵陣に乗り込もう」

鬼右衛門は暦を開き、今年の清明が三月七日であるのを確かめた。

「清明の夜、こちらは妻籠屋を名乗って江戸屋に乗り込む」

江戸屋の出方で、器量のほどに察しがつく。

「果たして江戸屋の女将が、どれほどの女なのか、見極められれば喜八郎の器量のほども分かる」

当日は銘々が一番得手とする身なりを調えろと、鬼右衛門は指図を与えた。

「秀弥を見るのが楽しみです」

小僧が甲高い声で、身に釣り合わないことを口走っていた。

＊

二十四節気のひとつ「清明」は、満開の桜を称える日とされている。江戸の桜は律儀にも、この日を守るかのように毎年清明の日に満開を繰り返してきた。

寛政六年三月七日、暮れ六ツ（午後六時）どき。

永代寺が撞く時の鐘を背中で受け止めながら、妻籠屋鬼右衛門は江戸屋下足番の前に立っていた。

藤色の羽織姿の鬼右衛門は、身なりがそれぞれ違う男女四人を引き連れていた。

「今戸の妻籠屋様でらっしゃいますね？」

鬼右衛門が名乗る前に、下足番が言い当てた。初顔合わせの下足番から、迷いのない物言いで言い当てられたのだ。

「いかにも妻籠屋だが、なぜわたしがそうだと分かったのかね」

鬼右衛門は感心したという物言いで問いかけた。

「今夜のお客様のお顔を、てまえはみなさん存じ上げておりやす」

知らぬ顔は妻籠屋だけだから、すぐに分かったと下足番は答えた。

「大したもんだ」

振り返った鬼右衛門の言葉に、四人それぞれが小さくうなずいた。が、それは義理のうなずき方に近かった。

大げさに鬼右衛門が褒めているのを、四人とも分かっていたからだ。

玄関まで案内したあと、下足番は受け持ちの仲居に一行五人を受け渡した。

「ようこそ今戸から深川までお越しくださいました」

仲居は三つ指つきで迎えた。

客間に案内されながら、鬼右衛門は廊下の磨かれ具合いを足裏で確かめた。足袋が心地よく滑るほどに、廊下は磨き込まれていた。

庭の桜を見てから案内されたのは、中庭が見える十二畳間だった。床の間も設《しつら》えられており、山水画の軸が掛かっていた。

部屋に入って、鬼右衛門は正味で驚いた。

床の間を背にする形で、鬼右衛門の座が用意されていた。向かいには四人の座が横並びに構えられていた。

江戸屋の入り口で五人を迎えた下足番は、何かしらの合図で主人ひとりに供が四人だと報せたのだ。

三つ指つきで迎えた仲居は、すぐには客間に案内しなかった。庭に咲く満開の桜を鬼右衛門たちに見せたのだ。

桜の脇には背の高い雪洞《ぼんぼり》が何本も立っており、強い明かりの百目ロウソクが桜を照らしていた。

今日が清明であることを、風に舞う花びらが告げていた。

限られた明かりのなかで夜桜の花びらが舞うさまは、昼間見る満開の桜とは大いに風情が異なっていた。

ものごとの吟味には辛い鬼右衛門ですら、雪洞の明かりのなかで舞う花びらの趣向には、思わず見とれてしまった。

夜桜を堪能させたあとで、仲居は一行を客間へと案内した。

座の作り方を見た鬼右衛門は、仲居が夜桜を見せた真意を見抜いた。

五人が庭の桜を見ている間に、手早く座を作り上げたのだ。

感心したものの、顔には出さず座についた。

連れの四人が横並びに座った。

今夜の席で賞味したい料理と酒は、番頭が細かく伝えていた。鬼右衛門は面倒な注文をすることなく、酒肴が運ばれてくるのを待っていればよかった。

「失礼いたします」

「入ってくれて結構だ」

客の許しを得て、仲居頭のすずよが四人の仲居を引き連れて入ってきた。五人全員が茶菓を運んできていた。

客ひとりに仲居ひとり。しかも仲居頭までもという、最上の接客ぶりである。

他の四人とはお仕着せの柄も半襟も違うすずよが、前に座した。

鬼右衛門は束の間表情を動かした。が、気づいた者はいなかった。

「ただいま女将が参りますので」

仲居五人が下がったのと入れ替わりに、女将があいさつに顔を出した。

桜色の地に、わずかに濃い色で裾に花びらがあしらわれている。帯は若葉色で、深紅の帯締めの色味が利いていた。

「江戸屋の秀弥でございます」

辞儀をしても女将の風格は保たれている。余人に真似のできぬ絶妙な辞儀だった。

「わざわざ今戸からお越しくださりますとは、ありがたい限りにございます」

女将は鬼右衛門の目を見て儀礼を口にした。

「蓬萊橋の損料屋ご当主から、折りがあれば行ってくださいと薦められたものでしてな。なんとか桜が散る前には、間に合ったようだ」

庭の夜桜の趣向を褒めた。

「さようでございましたか」

損料屋を口にされても、秀弥はいささかも表情を動かさなかった。

「どうか妻籠屋さまから損料屋さまに、てまえどもからの御礼をお伝えくださいまし」

客間の五人に礼の言葉を重ねてから、秀弥は客間を辞した。

部屋には鬼右衛門一行を案内してきた、掛《かかり》の仲居だけが残っていた。

「酒肴のほうはいかがいたしましょうか?」

「いまから四半刻（三十分）は、仕事向きの話を詰めることになる」

仕事の話を交わしている間は、いま出されている茶菓で充分だと鬼右衛門は告げた。

「話が終わったところで手を鳴らそう」

「うけたまわりました」

仲居はたもとに仕舞ってあった七宝焼きの鈴を取り出し、鬼右衛門の膳に置いた。

「鈴が鳴りますまでは、だれも部屋には寄越しません」

存分にどうぞと言い残して、仲居は部屋から出ていった。

「まこと、敵ながらあっぱれな応対だ」

鬼右衛門は膳の湯呑みを手に持った。伊万里《いまり》焼の白磁である。茶は上煎茶で、ほどよいぬるさにいれられていた。

「江戸屋に出向いてきた今宵このときから、損料屋との戦は始まった」

鬼右衛門は湯呑みを掲げ持った。

向かい側の四人も掲げ持ち、鬼右衛門に合わせて茶に口をつけた。

＊

「げっぷが出るほど多くの女将を見てきたが、秀弥は飛び切りの器量を持っている」

喜八郎の名を出しても、いささかも動ずることはなかった……鬼右衛門は秀弥から寸時も目を離さなかった。秀弥も鬼右衛門の視線を受け止め続けていた。

「ここの女将が一番痛手に感ずるのは、江戸屋の評判が落ちることだ。江戸屋の恥は、深川の恥。喜八郎もさぞや痛手だろうよ」

鬼右衛門の両目が妖しい光を帯びていた。

名前の通った老舗料亭は、いずこも先祖伝来の書画骨董類を所蔵していた。が、大半の料亭はそれらを座敷には出さなかった。

宴席に酒はつきものである。万に一つ、酔客が道具類を傷つけたり壊したりしては大騒動が起きる。

料亭にとってつらいのは、客に責めを問えないという点だった。

「不用意に座敷にお出しした、てまえどもの落ち度です」

みずからの責めに帰してこそ、料亭の格が上がるとされた。

壊したり傷つけたりした客は、相応のカネを支払い、償いとした。が、壊れた道具類は、カネには換えられない貴重品である。

壊されて懲りた料亭は、座敷から書画骨董類を引っ込めた。そして別間に陳列した品々を、限られた客に鑑賞させるという形に変えていた。

江戸屋はしかし、それをしなかった。

「大事なお客様に身近にご覧いただいてこそ、軸も道具も喜びます」

大広間の床の間には『雪舟《せっしゅう》の軸』が掛けられていた。

軸の前には『千利休《せんのりきゅう》の黒茶碗』が飾られており、上座の隅には『伊藤若冲《いとうじゃくちゅう》の屏風』が立てられていた。

大広間に飾られた三品とも、いかほど費えを払おうとも、もはや同じ品は手に入らぬ逸品ばかりだ。

鬼右衛門が江戸屋に仕掛けようと考えていた標的は、まさにこの道具《どうぐ》三品《さんしな》だった。

役者たち四人は、鬼右衛門が仔細を話し始めるのを待っていた。

すでに四半刻は過ぎていたが、鈴を振るのは、まだまだ先のようだった。

三

米屋政八が蔵前から蓬萊橋まで出張ってきたのは、三月十三日の朝五ツ（午前八時）のことだった。

蓬萊橋近くの大横川河畔には、遅咲きの桜が数十本、並木をなしている。清明はとっくに過ぎた十三日、ここの桜古木はいまが満開と競い合っていた。

柳橋で仕立てたゑさ元の屋根船に、政八は暗い顔つきの手代をひとり乗せていた。伴うのではなく、引っ張ってきた、が正しい。

手代の腰には捕り方が使う、麻の細綱が結ばれている。綱を握った政八は、まるで科《とが》人《にん》を引き立てる捕り方のように見えた。

濃紺の羽織に仙台平の袴という正装だ。しかし、いつも通りのせかせか歩きは、羽織・袴の姿には馴染まなかった。

蓬萊橋の船着き場から喜八郎の宿までは、三町（約三百二十七メートル）である。その道のりを歩く間にも、多数の花びらが政八の月代に舞い落ちていた。

腰綱で結ばれた手代は、片手に二升入りの角樽を提げていた。

「なんだろうねえ、あれは?」

遅咲き桜の見物に出てきた住人たちが、政八と手代の格好を見ていぶかしんだ。

「あのふたりも、桜見物なのかねえ」

「腰綱で縛られた科人が角樽を提げてるてえのは、新しい趣向かもしれねえやね」

勝手なことを言い交わす言葉を背中に受けながら、政八は喜八郎の宿に入った。

損料屋の格子戸には、上部に真鍮の鈴がついている。政八が思いっきり強く戸を開いたら、鈴も目一杯の音で響いた。

廊下を踏みならして店先に出てきたのは、手代ぶりが板についた与一朗である。

嘉介の手伝い身分だが、こども時分から質屋に出入りする者を見て育っていた。

正装の身なりで細綱を引いている政八には、強い違和感を覚えたようだ。

「なにかご用ですか?」

問いかけには、いぶかしさが強く滲んでいた。

「喜八郎がいたら、米屋が出張ってきたとつないでもらいたい」

与一朗の物言いを業腹に感じた政八は、喜八郎と大声で呼び捨てにした。

「いずこの米屋さまで?」

与一朗は政八と喜八郎のつながりを知らないのだ。声がさらに尖っていた。

「おまえも分からない男だ。米屋政八が来ているといえば、喜八郎には分かる」

政八が声を荒らげたら、綱を強く引いてしまった。手代が引き寄せられて、角樽の酒が音を立てて揺れた。

戸惑い面の与一朗が奥に戻ろうとしたとき、喜八郎が顔を出した。政八の甲高い声は、奥にまで届いていた。

喜八郎は細綱で縛られた手代に一瞥をくれた。

「あと四半刻で出かけますが、とにかく上がってください」

「用向きは手短に済ませるから、四半刻も必要ない」

政八と手代は店先で履き物を脱ぎ、喜八郎について奥に向かった。

政八が引っ張ってきた手代は田四郎であった。耳に喜八郎の素性を明かした男である。

昨晩遅くに、小料理屋に雇われたゴロツキが、田四郎を米屋の土間に蹴飛ばし入れて帰った。

「カネに詰まった手代に用はねえ」

この捨て台詞を重く捉えた政八は、田四郎と向き合いになって詮議した。

「どれだけの大金に手をつけたのだ」

詰問しても田四郎は返答をしなかった。

「おまえがその気なら、森田町の自身番小屋でいたぶり（拷問）にかけるぞ」

ひときわ甲高い声で迫られて、田四郎は観念したようだ。

「じつは……」

手代が白状したことを聞くなり、政八は驚きで座布団から尻を浮かせた。

田四郎を引き連れて、政八は詫びに出張ってきたのだ。

一方喜八郎は、米屋の奉公人が妻籠屋配下の者に、喜八郎の素性や、秋山とのかかわりを漏らしたことを聞き及んでいた。

去る三月八日に、庶務方筆頭与力が田所検校と通じていたことが露見した。田所当人が、配下の座頭を使って奉行所に投げ文をさせたからである。

際限なくカネをねだる筆頭与力を、田所検校はこれが潮時と見限ったのだ。

検校にどんな内情を漏らしたのか。

秋山と喜八郎の仔細が、田所を通じて外に漏れているのも詮議で分かった。

火除け地跡の安売り市場の件で喜八郎が惣代衆に知恵を貸したことを、妻籠屋が摑んでいるのは明らかだった。

わざわざ素性を明かした上で妻籠屋が江戸屋に乗り込んできたわけにも察しがついた。

妻籠屋の手の者たちは、田四郎の話を元に深川でも聞き込みを続けたに違いない。

己が標的にされていると喜八郎は察していた。

「おまえの気が済むように、田四郎を成敗してくれ」

聞き終えた喜八郎は政八を見た。わざわざ上下《かみしも》を着用しているところに、詫びの誠実さが現れていた。

しかも田四郎の成敗を喜八郎に預けている。その重きことを胸で受け止めていた。

うむっ。

気合いを吐いて田四郎に目を移した。

「何を話したのだ」

喜八郎は小声で質した。

「米屋《うち》と損料屋とのかかわりと……」

田四郎は呆気なく口を開いた。

「秋山様と江戸屋さんのことを、知っている限りに話しました」

「秋山様のこともかっ」

言った政八は、息苦しげな表情になった。

「着衣をすべて脱ぎなさい」

喜八郎は硬い声で命じた。

うろたえ気味に立ち上がった田四郎は帯を解き、下帯一本の裸体となった。

「庭に降りよ」

喜八郎の物言いが、さらに硬くなっていた。田四郎は足袋裸足で庭に出た。

「この場でおまえを成敗する」

嘉介から手渡された太刀を持ち、松の木の前に田四郎を立たせた。

「どうか命だけは勘弁してくださいまし」

手を合わせて懇願する田四郎に、喜八郎は冷たい声で言い渡した。

「おのれのおかした罪は、あまりにも深い。我が身でケリをつけるのが男だ」

田四郎が震えながらも直立したその刹那、喜八郎の太刀が振り下ろされた。

田四郎の下帯が切断され、縮み上がったキンタマが剝き出しになった。

腰が砕けた田四郎は、その場にへたり込んだ。政八は深い安堵の息を漏らした。

座敷の隅から一部始終を目の当たりにした与一朗は、息が詰まっていた。

「おいっ」

嘉介に背中を叩かれて、ようやく息を吐き出した。俯き加減に忙しない呼吸を重ねたあとで、なんとか嘉介の目を見た。

本物の武芸者の太刀さばき……その凄まじさを、与一朗は初めて目にした。しかも常々は口数も少なくて、柔和にすら思えた喜八郎が、あんな技を、である。

ひとの底知れなさを思い知ったという表情で、嘉介を見詰めていた。

*

おととい（三月十一日）、妻籠屋の番頭が江戸屋を使いたいと出向いてきた。

「檜問屋の寄合をぜひとも江戸屋さんでと、あるじが申しておりますもので」

二十二人の宴会を三月二十一日に催すので、大広間を使いたいとの申し出だった。

応対に出た帳場掛は、深い辞儀をして受け入れた。ひとり十両の費えで、料理も酒も任せるという極上の注文だったからだ。

秀弥から一大事の相談を受けた喜八郎はただちに俊造を秋山の役宅に差し向けた。

「十三日の四ツ（午前十時）に、桟橋で待っておる」

秋山の返事に従い、身支度を整えていたその朝に、細綱縛りの田四郎を引いた政八が、押しかけてきたのだった。

蓬萊橋の船宿で仕立てるつもりだったが、政八の屋根船で八丁堀に向った。

政八が角樽に詰めて持参してきたのは、白鬚橋の酒蔵から届いたにごり酒だった。蔵元の者だけが楽しむという、めずらしい酒である。政八は喜八郎への詫びの印に持参してきた。

秋山の名までもらした事に狼狽した政八は、先に立って喜八郎を屋根船へと案内した。

八丁堀の桟橋に横付けした船に、秋山は四ツに乗り込んできた。

「詫びにきたのか？」

政八を見た秋山は喜八郎に質した。

喜八郎は小さくうなずいた。

八丁堀を出た船は大川を目指して走り出した。

米屋は札差百九軒のなかで、下から数えた方が早い程度の小さな身代だ。しかし商いは小さくとも、奉公人が不祥事をおこしたのは今回の田四郎が初めてだった。

先代は店の切り盛りを、すべて番頭に任せていた。

当主は商い向きのことには口出しをしない。店は番頭に預けるという、大店の仕来りを先代は守った。

番頭は当主の信頼に応えるべく、奉公人には常に目を光らせた。

当代に代替わりしたあとの米屋では、番頭がすっかりやる気を失っていた。

「あたしは毎日帳面も見るし、奉公人の動きも知っておきたい」

店を閉めたあとは番頭みずから商い帳面を差し出すようにと、政八は厳命した。

「手代の一日の動きも、細大漏らさず聞かせなさい」

政八の言いつけに従うことにした番頭は、奉公人の動きに自ら気を払うことを止《よ》しにした。

不始末が生じたとしても、旦那様が責めを負うことだと開き直ったのだ。

札差は大金を扱う稼業である。小所帯の米屋といえども、一年の商いは一万両を大きく超えていた。

もしも奉公人が店のカネを十両以上盗んだら手代は斬首され、店も大きな傷を負う。

札差の番頭に課せられた一番の責めは、店のカネに手をつけさせないことだった。

とはいえ大金が毎日行き交う生業《なりわい》である。店のカネをくすねる不心得者は、どこの札差にもいた。

しかもその額は十両などではなく、数百両に上るのもめずらしくなかった。

使い込まれた金高は多額でも、札差は懸命に世間に知られぬよう抑えにかかった。

奉行所役人に知られたら縄付きどころか、打ち首人を店から出してしまうのだ。世間体が著しく悪くなった。

しかも奉行所での詮議には、町役人五人組に同行を頼み、町奉行所まで日参する羽目になってしまう。

使い込まれたカネは戻らない。そのうえ、多額の費えを追銭として支払うことになる。

定町廻同心や土地の目明しに知られて、益することは皆無だった。

不祥事が表沙汰にならぬよう、番頭は四方八方に手を尽くして抑えにかかった。

番頭のなかには土地の貸元に、不始末をしでかした手代の始末を頼んだりするものもいた。口封じのためである。これにも大金がかかった。

ことほど左様に、札差の奉公人がおかす不祥事は、大金がからんでいた。

田四郎の場合も、政八が真っ先に疑ったのは使い込みだった。

「田四郎を手代に取り立ててからの帳面すべてを、洗いざらい調べさせました」

大川を走る船なら、他人の耳を気にすることもない。にごり酒に酔っていた政八は、声の調子を気にせず秋山と喜八郎に話を続けた。

「一両はおろか、一朱（十六分の一両）の過ちも見つかりませんでした」

商いのカネに手を付ける不始末はしでかしていなかった……政八の口調は、自分の目が行き届いていたからだと自慢していた。

「カネに手をつけていなかったのはなによりだが、おまえはその手代をいかに沙汰するつもりでおるのだ？」

反省なき自慢口調にげんなりしたのだろう。秋山の問い質しは厳しかった。

「まことに申しわけございません」

政八は、初めて深く詫びた。

「江戸屋のこともあるでの。おまえが知恵を貸してやれ」

「うけたまわりました」

喜八郎は肩の落ちた政八と正面から向き合った。

「明日朝、五ツに出向きます」

喜八郎が答えたとき、屋根船の近くで活きのいいボラが跳ねた。

喜八郎は手酌で満たした盃を秋山に見せた。

「妻籠屋はこのにごり酒と同じで、いまは底が見えません」

喜八郎は一気に盃を干した。

「角樽をカラにするころには、向こうの企みの底が覗けるでしょう」

喜八郎は秋山を見詰めた。

「ならば喜八郎、早く底を見ようぞ」

「うけたまわりました」

喜八郎は徳利を差し出した。

政八から漏れた深いため息が、屋根船の隙間から大川に流れ出ていた。

春仕込み

一

秋山・喜八郎・政八の三人でにごり酒を酌み交わした翌朝、三月十四日五ツ（午前八時）どき。

喜八郎は早々と米屋を訪れた。どの札差も店を開いていたが、客の姿はなかった。

札差の顧客は武家である。来店の用向きは、追い貸し（借金強要）がほとんどだ。

無駄に体面を重んずる武家は、四ツ（午前十時）を過ぎなければ来店しなかった。

口開け早々の店に押しかけるほどには、カネに詰まっていないと振舞いたいのだろう。

この朝も気持ちよく晴れており、米屋前の通りでは小僧が地べたの掃除をしていた。

今年の清明を過ぎてすでに七日になるが、まだ散り残りの桜が舞っているらしい。

竹ぼうきを忙しなく動かして、小僧は花びら掃除に気を取られていた。米屋の飼い犬トラは、ほうきが立てる音と動きがおもしろいらしい。

シャキッ、シャキッと音が立つたびに、小僧のお仕着せの裾にじゃれついていた。

近寄ってきた喜八郎を見たトラは小僧から離れた。尾を振り、ハフッ、ハフッと息を吐いて足に顔をくっつけた。

トラの様子で小僧も喜八郎に気づいた。

「おはようございます」

飛び切り愛想よくあいさつをした。喜八郎が大好きだったからだ。

「ご当主の都合を訊いてもらえるか？」

「わっかりましたあ」

竹ぼうきを握ったまま奥の玄関へと駆け出した。トラは小僧の先回りをした。

戻ってきたときもトラの方が速かった。

「すぐにどうぞと旦那様が、そう言ってます」

奥から全力で駆けてきたらしく、息を大きく弾ませていた。

先を行く小僧が格子戸を開く前に、喜八郎は四文銭二枚の駄賃を握らせた。

「ありがとうございます」

こどもの甲高い声に合わせ、犬は尾を振って一緒に礼を言った。

玄関の内側で奥付き女中が喜八郎を迎えた。最上客に対するもてなし方である。

案内されたのは南向きの十畳間だった。朝の光が居室の隅にまで差し込んでいる。

政八はすでに座して待っていた。

茶菓が運ばれてくるのを待つ間も惜しんで、政八は話を始めたそうな素振りを見せた。

朝日を背にする形で喜八郎は座した。

眩しげに政八が目をしばたたかせているとき、女中が茶菓を運んできた。下がるなり、政八が口を開いた。

「それで……思案は決まったのか？」

上体を前のめりにして問うた。

思案とは、手代田四郎に対する沙汰のつけ方のことだ。昨日の屋根船で喜八郎はそれを請け合っていた。

「すでに裏切りの味を知った田四郎です。いま一度真っ当な手代に戻るには、当人によくよく強い覚悟が求められます」

喜八郎の言い分を、米屋政八はめずらしく神妙な顔で受け止めていた。話に区切りがついたとき、政八は早口で話し始めた。

「今日このあとにも、田四郎には暇を出そう」

せかせかした口調で断じた。

「それはなりません」

喜八郎は強い口調で抑えた。

「どうしてだ、喜八郎」

政八の口元が、いつものように尖っていた。

「おまえの言い分には得心がいった。それゆえに暇を出すのが、なぜ駄目なんだ」

歳を重ねるごとに短気があからさまになる政八である。一気にあたまに血が上ったらしく、赤くなった顔で詰め寄った。

「田四郎の先には我々がこれから事を構えることになる、手強い相手がついています」

この大事なときに、敵とつながっている田四郎は貴重な糸だと喜八郎は考えていた。

「田四郎は簡単に寝返る男です」

窪んだ目が光を帯びていた。

「敵の陣地にもっ、ともらしい撒き餌をばら撒かせるには、田四郎は格好の手代です」

信じ込んだとみせたこちらの内情が伝われば、敵をも欺くことができる。

「田四郎に暇を出すのは、すべてが決着を見たあとにしましょう」

ここで初めて焙じ茶をすすった。

正座した喜八郎が湯呑みに手を伸ばしたことで、張り詰めていた部屋の気配が緩んだ。

庭から差し込んでいた陽光が揺れた。

*

米屋を出た喜八郎は猪牙舟を仕立てて、勝手知ったる八丁堀に向かった。桟橋に降り立ったあとは、ひとつの思案を固めて秋山の役宅へと急いだ。

不在ならば言伝を書き残すつもりでいたが、幸いにも在宅であった。居室で向き合うなり、喜八郎が先に口を開いた。

「妻籠屋は、大広間を使うと決めています。鬼右衛門一味の狙いは、大広間の道具三品に間違いありません」

雪舟の軸。利休の黒茶碗。若冲の屛風。

「どの品も、いまでは手には入らぬ逸品ばかりです」

「狙いは分かったが、妻籠屋はなにをしでかそうと考えておるのか」

秋山に質されても、喜八郎には確かな先読みはできていなかった。

「妻籠屋一味がいかなる挙に出ようとも、江戸屋には断じて道具三品を引っ込める気はありません」

江戸屋の暖簾にかけても、大広間に出しておくと秀弥は決めていた。

「わたしは全力で江戸屋を守ります」

喜八郎は強い口調で江戸屋の警護を請け合った。

仔細を聞き取った秋山は、喜八郎の考えを了として受け入れた。

「かくなるうえは」

秋山は喜八郎を見詰めて、思案を語り始めた。

「妻籠屋に撒き餌を食わせて、こちらの計略内に誘《おび》き寄せるしかあるまい」

それは可能かと、秋山は喜八郎に目で問いかけた。

「わたしも同じことを考えておりました」

敵陣への撒き餌ばら撒き役に、あの田四郎を使う……政八との談判で取り決めた仔細を秋山に説明した。

喜八郎の返答に、秋山は得心せず、さらに問うた。

「検校ですら自在に操る男だ。僅かなりとも計略のにおいを嗅ぎつければ、かならず迎え撃ちの策を講ずるぞ」

「わきまえております」

喜八郎は秋山の目を見詰めて答えた。

「田四郎は許してもらえたと思い込んでいます」

このことは秋山も承知しており、先を促した。

「妻籠屋の狙いを見抜いたうえ、わたしどもがいかなる策を講じようとしているのか、田四郎が盗み聞きできるように仕向けます」

田四郎の話を真に受ければ、相手はかならず動く。その動きも見張りますと話した。

秋山も得心できたらしい。

「江戸屋の家宝を守ってやれよ」

温もりのある指図を、喜八郎は身体で受け止めていた。

二

神田川を正面に望む柳橋河岸には、船宿・料亭・小料理屋が黒板塀を連ねて立ち並んでいる。

春日《かすが》もそのなかの一軒だ。間口は二間（約三・六メートル）で、見た目には小体《こてい》な小料理屋だ。しかし奥行きは、外見から想像もつかないほどに深かった。

店に入ると板前ひとりだけの調理場を囲むように、コの字型の卓が構えられていた。

八人が座れる杉の卓は二カ月に一度、指物職人がカンナをかけて磨いていた。

「春日の値打ちは料理の美味さと、味を引き立てる秋田杉の香りだ」

客は分厚い一枚板の卓を褒めた。しかし卓につけるのは八人限りだ。溢れた客は奥の小上がりに案内された。春日では卓よりも小上がりが格下だった。

小上がりは四人が囲める小さな卓が二台置かれており、入れ込みである。

小上がりの奥には四畳半の小部屋が構えられていた。が、どこにも四畳半への入り口はない。

春日が見込んだ限られた客しか、案内されることはなかった。

「いらっしゃいまし、誠太郎《せいたろう》さん」

春日の酌婦たちは、裏を返してくれた（二度目の来店）客には、かならず名前で呼びかけた。

「本当にまた来てくださるなんて」

艶に満ちた声で名前を呼びかけられた客は、そのひと声で春日に搦め捕られた。

女将を名乗る年嵩の女はあたかも自分の店の如くに仕切っているが、真の持ち主は鬼右衛門配下の耳である。

柳橋の料亭と船宿は、蔵前の札差を一番の上得意としてもてなした。

船宿で屋根船を仕立てた札差は両国橋を潜り、西詰めの料亭に向かうことが多かった。なかには自前の船で、向島まで遊びに出る札差もいた。

名の通った料亭の遊びに厭きた大尽は、柳橋河岸の小体な店で隠れ遊びを楽しんだ。

耳はそんな連中の望みに応えられるように、店の奥に四畳半を構えていた。その部屋の奥には三畳の隠し部屋を設けた。

四畳半には、春日の勝手口からじかに入れる拵えである。他人に顔を見られたくない大尽連中は、この造りを了とした。

隠れ遊びの目当ては女である。

女将と耳とで吟味をした酌婦三人を、春日は常に控えさせていた。店に出ることは一切なく、四畳半でのもてなしだけを受け持つ酌婦だ。

閨での大尽連中は、酌婦の巧みな誘いで口が軽くなった。

「あれを裏で仕掛けたのはわしだ」

「あの武家は猟官のための費え捻出で、ついに先祖伝来の道具まで売り飛ばしおった」

知っているのは自分だけだと、自慢げに漏らしたことを、耳は隠し部屋で聞き取った。

狙いをつける相手は、札差当人に限らなかった。その店で働く奉公人を誘い込むことも一再ならずあった。

米屋の手代、田四郎はこの春日で腕利きの酌婦、おのぶに引っかけられたのだった。

おのぶは自分の間夫《まぶ》、町飛脚の泉吉《せんきち》に田四郎への付け文を届けさせた。

「店の前を通りかかったときに一目見て以来、胸のときめきが収まりません。なにとぞ助けると思って、今日の内に顔を出してください。

飲み代など、一文もいりません」

客をおびき出す付け文ではないあかしに、おのぶは飲み代無用を付け加えた。

見たこともない相手からの付け文など、生まれて初めて受け取った田四郎である。

いつ、どこでおれの顔を見かけたのか。なぜ名が分かったのか。

あれこれ疑問を抱きつつも、田四郎は雪駄を鳴らして春日にやってきた。付け文に書かれていた通り、勝手口の戸の前に立った。

「六ツ半（午後七時）からは、ずっと戸の内で待っています。おまいさんだと分かるように、戸を軽くトン、トン、トンと三度叩いておくんなさい」

言われた通り、戸の前で弾んだ息を整えたあと、右手をこぶしに握ってトンッ、トンッ、トンッと軽く叩いたつもりだった。

気持ちがはやりすぎていて、ドン、ドン、ドンと鈍い音を立てた。

開かれた戸の内には、待ちかねていたという顔のおのぶが立っていた。

「本当に来てくれたんですね……」

おのぶが差しだした手を田四郎が握った。気を昂ぶらせた赤子のように、手のひらは熱を帯びていた。

他の客に顔を見られることなく、田四郎は四畳半に招き入れられた。

おのぶは田四郎の気をそそりまくり、触れなば落ちんの姿態を示し続けた。

目的は政八と喜八郎のつながりを聞き出すことである。

男の気を散々にもてあそび、ときにはお仕着せの股間に手を這わせたりもしながら、おのぶは話を聞き出した。

隠し部屋で盗み聞きをしていた耳は、明日も呼び込めと指図をした。

この日田四郎が漏らした事柄の裏を取るためである。

「やつの話がまことだったら、明日はもっと可愛がってやれ」

嘘が混じっていたり、もはや用済みとなったら、ネズミに天井裏を走らせる。

おのぶは耳の指図に従った。のぼせ上がりの極みに達していた田四郎は、よだれを垂らさんばかりの顔で、翌日の招きを受け入れた。

初日の夜、田四郎が話したことは、いずれもまことだった。

翌夜、おのぶは秋山の名も聞き出した。が、肌に手を触れさせはしなかった。

もはやこれまでと判じた耳は、二匹のネズミを天井裏に放った。

「あら、大変だわ。女将さんからの呼び出しが聞こえている」

突然部屋から出された田四郎は、わけも分からぬまま勝手口へと追い立てられた。

「明日もいいかい？」

目の前でしゃべる田四郎に、おのぶはあからさまに顔をしかめた。

「こちらの都合もあるから、しばらく来ないで」

しつこくしたら、お店に訴えるからと脅しを口にした。

「なんだよ、それは」

おれは明日も来るからと言い残し、出て行ったものの、しばらく日を空けてまた勝手口を叩いた。

「聞き分けのねえ、懲りねえ手代だぜ」

ゴロツキに扮した役者は、田四郎を後ろ手に縛って米屋まで引きずって行った。

店はとっくに雨戸を閉じていた。役者はこぶしで戸を叩き、米屋を叩き起こした。

「ゼニも底を突いた手代が、うちに押しかけてきて、迷惑してるんでえ」

始末は米屋でつけてくれと言い放ち、田四郎を土間に放り込んだ。

田四郎がすべてを白状したとしても、先々に障りはないと鬼右衛門が断じたからだ。

仔細をはき出させた政八は、田四郎を細綱で縛り、喜八郎の損料屋を訪れたのだった。

＊

三月十四日の六ツ半に、田四郎は性懲りもなく春日の勝手口の戸を叩いた。

このときはおのぶが戸を開いた。

「まだ懲りないの、あんた」

おのぶが戸を閉じようとしたとき、田四郎が小声を漏らした。

「あの喜八郎がまた、うちの旦那と一緒になって妙なことを始めてるんだ」

小声だったからこそ、おのぶに響いた。

「いいわ……なかで聞かせて」

田四郎を四畳半に上げたあと、おのぶは耳の指図を受けに部屋を出た。

戻ってきたときは、田四郎を夢中にさせたあの艶を顔に貼り付けていた。

「今夜は手が離せないの」

ゆっくり話がしたいから、明日の六ツ半どきに出直してくれと頼んだ。

「そう言われたんじゃあ、明日来るしかないさ」

渋々の返事をしながらも、田四郎は両目の端を垂れ下がらせていた。

三

田四郎は前夜おのぶに言われた通り、六ツ半に春日の勝手口を叩いた。

トントンッと二度叩いただけで、戸は内側に開かれた。内に立っていたおのぶは人差し指を口に立てた。

間夫を忍び込ませるという身振りである。

田四郎は訳知り顔でうなずき、自慢の尻金を鳴らさぬよう足音を忍ばせて入った。

「おまいさんは光り物が好きだと言うからさあ。板場にそう言って、形のいいこはだを気張ってもらったのよ」

おのぶが運んできた魚皿には、一刻前から酢でしめておいたこはだが、縞柄の背を見せて並んでいた。

薄い壁の向こうでは耳・役者・蹴出しの三人が聞き耳を立てているのだ。おのぶは目一杯の愛想よさで田四郎に接していた。

しくじったら我が身も無事では済まないと分かっていたからだ。つい今し方、おのぶはきつい脅しを受けていた。

「ことによると野郎は大事なネタを持ち込んでくるかもしれねえ」

田四郎が間もなく顔を出すというのに、おのぶは仏頂面を崩さないままである。耳はきつい口調で申し渡した。

「正味の顔は引っ込めて、あいつをとことんまでいい気分にさせろ」

分かったのかと念押しをした耳は、目の奥に凄みを宿していた。

「分かりましたから」

思わずおのぶも真顔になって答えた。

今夜の作りは、耳があらかじめ板場に言い付けてあった。

羽田沖で獲れた魚である。銀色の背に散った斑点にも、活きのよさが表れていた。

「あたしの好物を覚えていてくれたのか？」

田四郎はこはだを見て声を弾ませた。

「間夫はあんたひとりだって、何べん言わせたいのよ」

わざと拗《す》ねるおのぶを見て、田四郎の口元がだらしなく半開きになった。おのぶは拗ねていた顔を引っ込めて、田四郎に寄りかかった。

「肴もお酒も払いなんか心配しないで、好きなだけやってちょうだい」

おのぶが口に運んだ魚を、獲物を見付けた泥棒猫のように田四郎は丸呑みにした。

正気を失わない限度まで酒を勧めたおのぶは、身体を押しつけたままで田四郎の口を開かせにかかった。

「あれからなにがあったの？」

「いまはよしにしてくれよ。酒も肴もまずくなるじゃないか」

田四郎が口を尖らせた。その言い分を聞きながら、おのぶは股間に手を這わせた。下帯の上から撫でられた田四郎は若さゆえか、たちまち身体が応じ始めた。

「あんたが嫌な気分を味わったのなら、わたしだって知らんぷりはできないわよ」

米屋でなにがあったのか、洗いざらい聞かせてと、田四郎の耳元で熱くささやいた。

蝶番を炙られたハマグリのように、田四郎はぱっくりと口を開いた。

「喜八郎がまた陰で、なにかを企んでいるらしい……ああ、駄目だよ手を止めたら……」

おのぶの手に籠絡された田四郎は、洗いざらいを話した。

江戸屋に鬼右衛門一味がわるさを仕掛けようとしている。

三月二十一日の檜問屋の寄合というのは、江戸屋に仇をなそうとする一味の企みに違いない。

そう見抜いた喜八郎は一味を迎え撃つために知恵を絞ることにした。そのためには何人もの手が入り用となる。

「あたしが前回、おまえに夢中になったことは勘弁してやると、うちの旦那様ではなしに、喜八郎から偉そうに言われた」

その時を思い出したのか、田四郎の眉間に縦皺が刻まれた。

「それで、どんなことを言われたの？」

おのぶは田四郎の耳たぶを軽く噛み、股間を撫でる手の動きを速めた。

田四郎は酒くさい息を吐き、うつろな目でおのぶを見た。おのぶの手の動きが止まった。

「なにを言われたのか聞かせて」

「いま話すから、手を止めないで」

懇願しながら田四郎は話を続けた。

「どう迎え撃つ気なのかは、まだなにも聞かされてはいない」

明日の朝から三月二十一日の寄合が終わるまで、田四郎は蓬莱橋の損料屋に出張ることになった。

と同時に、江戸屋では仲居頭が願掛けを始めるらしい。

「願掛けって……どこかの神社に？」

おのぶの手の動きがまた速くなった。

「小石川の天神様だと聞いたけど、あたしは知らない」

牛天神《うしてんじん》様という別名があるらしいと言ったあと、田四郎は口を閉じた。

「喜八郎から今日聞かされたのは、これで全部だ。あたしも明日からは深川だから、ことが済むまではしばらく逢えない……」

両腕でおのぶの身体を抱こうとした。

おのぶはさっと手を引っ込めて、田四郎から離れた。

「ひと息いれて、またお酒にしましょう。なにかまた思い出したら、そう言って」

昂ぶりの途中で突き放された田四郎である。なんとか続きをと、おのぶにせがんだ。

「まだお酒が足りないんでしょう？」

おのぶは燗酒を取りに出るふりをして、四畳半を出た。同時に隠し部屋を出ていた耳に、土間の隅に手招きされた。

「ここまでの田四郎は正味の話をしているが、これだけではまったく要領を得ない」

喜八郎ほどの男なら、田四郎ごときに企みの芯の部分を話すはずがない。

「明日から深川に行くのなら」

耳はおのぶとの間合いを詰めて、声の調子を落とした。

「その日に見聞きしたことを、六ッ半に直ちにおまえに聞かせられるように田四郎を手なずけろ」

耳はおのぶの手を摑んだ。

「この手にものを言わせて田四郎に言い聞かせろ」

暗い土間で耳の両目が光っていた。

「仲町の黒船橋南詰に、蹴出しが一軒の仕舞屋《しもたや》を借りている」

深川での仕掛けが段取りよく運ぶように、月初めに蹴出しが借り受けていた。

黙ってうなずいたおのぶは、熱燗二本を受け取って部屋に戻った。

耳から受けた指図通りに、おのぶは話を進めようとした。ところが……。

「冗談じゃない。あの喜八郎の前で、勝手な外出《そとで》などできるわけがない」

酔いも醒めたかと思えるほどに、強い語気で田四郎は拒んだ。

「あんたは喜八郎を知らないから、そんな途方もないことが言えるんだよ」

あの窪んだ目で見詰められたら、身体の芯から震えを覚えるに決まっていると、おのぶの言葉を撥ね付けた。

「そうだったのね……」

ひどく落胆した口調でおのぶは答えた。

「わたしのことを好いていると言ったのは、口先ばかりだったのね」

潤んだ瞳で見詰めたまま、先を続けた。

「女将に無理を承知でお願いしてきたのに……あんたは本気じゃなかったのね」

潤んでいた両目から、おのぶは涙を溢れさせた。大きな涙の粒が頰を伝わり落ちた。

うろたえた田四郎は、両手でおのぶの肩を摑んだ。おのぶは勢いをつけて寄りかかり、田四郎を押し倒した。

横になった田四郎の胸元に、涙で濡れた頰を押しつけた。白粉の香りを間近にかいだ田四郎は、おのぶの顔を両手で挟み、唇を吸おうとした。

おのぶは手を払いのけて身体を起こした。

「こんな仕事をしてても、わたしはそんな尻軽女じゃないわよ」

涙で膨らんだ目で田四郎を睨み付けた。

「わたしのことを好きでもないのに」

声を荒らげながらも、想いを込めて見詰めた。

「わるかったよ、おのぶさん」

正座になった田四郎は、両手を膝に置いて正味で詫びた。

「そこまで想われたのなら、あたしもあんたに命がけになる」

喜八郎と真正面から談判すると、鼻の穴を大きく膨らませた顔で約束した。

「本当にそうしてくれるの？」

「するとも！」

「嬉しい……」

もう一度身体を預けたおのぶは再びお仕着せの前を割り、下帯に手を這わせた。

深く酔っている田四郎だが、おのぶの手の動きに身体は敏感に応じた。声も漏らした。

「まったくおのぶは、やるもんだ」

隠し部屋で耳がつぶやきを漏らした。


「かれこれもう五ツ半だけど、お店に帰らなくても大丈夫なの？」

おのぶに訊かれた田四郎は、慌てて春日の四畳半を飛び出した。頰にはまだ、酒の火照りを残していた。おのぶにたっぷりと可愛がられた名残りである。

ふわふわした足取りで神田川河岸を歩いていた田四郎は、ひときわ幹の太い柳を見付けて身体を預けた。

ふううっ。

吐き出した息は酒まみれだ。身体の芯まで、酔いが回っていた。おのぶの巧みな酌で、盃を置く暇もなしの燗酒だった。

太い幹にあたまを押しつけて、何度も浅い呼吸を繰り返した。

四半町（約二十七メートル）離れた小道の辻には座頭（按摩）姿の役者が、地べたに杖を突き立てていた。

五ツ半を過ぎた夜更けの町である。河岸の船宿も大半は持ち船を舫い、明かりもすっかり落としていた。

めっきり人通りが減っていたのに、豊かな月明かりは路地の奥まで照らしている。うかつに田四郎の方に歩いたりしたら、すぐに姿を見咎められるだろう。怪しまれずに近寄れるのは、座頭に化けるのが一番だった。

流しの座頭には、これからが稼ぎ時である。夜の町を歩いても、杖と笛を手にしていれば疑われる気遣いはなかった。

田四郎が春日を出るなり、役者はあとを付け始めた。おのぶ相手に話した中身がまことかどうか、確かめるためである。

田四郎は柳に寄りかかって、忙しない息遣いを続けていた。月光を浴びた顔色は、遠目にも蒼さが際立って見えた。

酔いが本物であるのは間違いなかった。だとすれば、おのぶに話したことも本物だろうと、役者は判じた。

万に一つもないだろうが、喜八郎に因果を含められた田四郎が、おのぶ相手に騙りを聞かせたのではないかと、深読みしたからだ。

「あんたの目で確かめてもらえたら安心だ」

念のため田四郎を追ってみたいと言った役者を、耳は止めなかった。

四半町先にいる田四郎は、まだ柳に寄りかかっていた。胸元に手を当てた姿で荒い息遣いを続けているのは、吐き気を催しているからだろう。

神田川河岸に人影のないことを見極めた役者は、辻の板塀に身体を寄せた。胸元に手を当てて苦しがっていた田四郎だが、吐くのはなんとか我慢できたらしい。

太い幹から身体を起こしたあとは、森田町に向かってちどり足で歩き始めた。米屋に帰るのだろうと見当をつけた役者は、四半町の間合いを詰めずにあとを追い始めた。

田四郎は一度も振り返ることなく、米屋に帰り着いた。潜り戸を叩くと小僧が内から戸を開いた。

「そんな酒臭い息をして」

戸の内で小僧が声を尖らせた。

「旦那様に見つかったら、今度こそ暇を出されますよ」

小僧の言い分を聞き流して、田四郎は店に入った。潜り戸を閉じるとき、小僧は強い舌打ちをした。

米屋の手前で小さくうなずいた役者は、蒼い月光を浴びていた。

今夜の田四郎の話に偽りはなかったと、小僧の舌打ちで得心したのだろう。

大路の端を柳橋に向かって、役者は戻り始めた。杖を折り畳み、十徳《じっとく》を裏返した。

通い大工が羽織る印半纏に変わった。

満月前夜の月光が、濃紺の半纏に降り注いでいた。

あの役者ですら気づいていなかったが、俊造があとを追っていた。

よもや自分が尾行されようなどとは、役者は考えてもいなかっただろう。

その油断と慢心は、耳・蹴出し・小僧の三人にもあった。耳には辰平、蹴出しには平吉、小僧には勝次がそれぞれ尾行についていた。

俊造は町飛脚、辰平・平吉・勝次は棒手振である。四人とも江戸御府内の各町には通じていたし、身のこなしも敏捷である。

鬼右衛門配下の手練《てだれ》に気づかれることなく、密かな動きで後追いをこなしていた。

四

配下の者を前にした喜八郎は、分厚い湯呑みを手にしたまま一同を見回した。

喜八郎が湯呑みを持つのは、話に区切りがついたという合図である。張り詰めていた気配がゆるんだ。

横並びに座っていた平吉・勝次・辰平たち棒手振は肩の力を抜き、吐息を漏らした。

後ろにいた町飛脚の俊造は、すでに自分の役どころを考えているらしい。両目を閉じて思案を巡らせ始めていた。

今回の仕事は喜八郎配下の総動員である。高橋の水売り彦六も、汁粉売りの源助《げんすけ》も俊造の脇に座していた。

与一朗と田四郎は、損料屋の店番を言い付けられていた。が、経験のない田四郎は勝手が分からず、堅い表情を続けていた。

喜八郎の脇に控えている嘉介が、音を立てて茶をすすった。これをきっかけに、喜八郎は話に戻った。

「妻籠屋とその一味が、なにを企んで江戸屋さんに仇を為そうとしているのか」

喜八郎は湯呑みを膝元に置いた。嘉介も戻して喜八郎を見た。

「企ての中身は、いま話した通りだと断じて間違いない」

喜八郎はかすれ声に力を込めて言い切った。

ゆるんでいた気配がビシッと引き締まった。

「秋山さんが動いてくれて、仲町を預かる松之助《まつのすけ》親分もいつでも力を貸してくれることになっている」

二十一日の宴席までは、正味五日しかない。

座の全員の背筋が伸びた。

「いささかも油断のならない相手だが、おまえたちなら恐れることは無用だ。いつも通り、稼業に精を出してくれればいい」

申し渡したが、各自の生業も名前も喜八郎は口にしなかった。明かされないと分からないのは田四郎のみだ。

田四郎には伏せたままにしておくことと、喜八郎は決めていた。

「いつもと違う動きをしては、連中の気をひくことになる」

「へいっ」

短い返事が揃った。田四郎はどう答えていいかが分からず、無言でうなずいた。

損料屋には出入り口が三つ設けられていた。

質屋の小島屋と向かい合わせになっているのが損料屋の玄関だ。朝の五ツから暮れ六ツ（午後六時）まで格子戸は開かれていた。

勝手口は内側に開く木戸で、御用聞きなどが出入りをした。

損料貸しの品物蔵二番の床には、隠し出入り口が設けられていた。

万一襲撃を受けたときの脱出路である。蔵の内から半町先の原っぱまで、もぐら穴でつながっていた。

隠し道を知らないのも田四郎だけだった。

「格別の動きを察知しない限り、日々の報せは無用だ」

次回は宴席の前日、三月二十日の夜に集まるようにと嘉介が申し渡した。

三月十六日、五ツ（午後八時）前。

平吉・勝次・辰平・源助・彦六・俊造の面々は、もぐら穴を伝って出て行った。

与一朗は喜八郎から明かされた仔細を善三郎に伝えるため、玄関を出て小島屋に向かった。

後ろ姿を見た嘉介は、感慨を込めた吐息を漏らした。

与一朗を預かって、はや一年が過ぎていた。当人が意識したわけではなかったが、当初の与一朗は為すことの随所に才気走ったところが感ぜられた。

大きく変わったのは庭掃除を言いつけて数日が過ぎたころからだった。どうやらひとつことをやり続ける大事を会得したようだ。

今回、与一朗に振られた役割は店番だ。他の配下の面々とは違い、いつも通りの仕事をこなす地味な役である。

与一朗はしかし、それを正面から受け止めた。そして顚末を話しに小島屋に向かった。

見事に損料屋の手代になり切っていた。

一年の仕込みが開花しつつある……。

もう一度漏らした吐息には、満足の思いまで滲み出していた。

田四郎は背中を丸くして、嘉介に頼み事を始めた。

「天王町の手代仲間が仲町のやぐら下で、てまえを待っておりますす」

名は重太郎《じゅうたろう》で、札差井筒屋の手代だと嘉介に聞かせた。

「仲町の近江屋さんに用があって、天王町から出張ってきております」

明朝六ツ半（午前七時）から、重太郎は近江屋との掛け合いを始める。早朝のため、今夜は山本町の旅籠に泊まる段取りだ。

「なにとぞ勝手をお許しください」

おのぶが組み立てた話を、そのまま嘉介に聞かせた。渋い顔ながら嘉介は了とした。

「四ツ（午後十時）までには帰ってくると約束できるなら、今夜に限り許してやる」

「ありがとうございます」

礼を言うのももどかしげに、田四郎は玄関から外に出た。おのぶには「六ツ半に来てね」と頼まれていたからだ。

永代寺が撞く五ツの鐘を背に受けながら、田四郎は黒船橋を目指して足を急がせた。

四半町の隔たりをおいて、座頭姿の役者が田四郎を追い始めた。

昇り始めた満月が、蒼い光を降らせている。

全身に月光を浴びながら、座頭姿の役者は振り返りもせずに田四郎を追っていた。

役者の四半町後ろには韋駄天の町飛脚、俊造がいた。深川界隈の町なら、どの辻に野良犬が寝そべっているかまで知り尽くしている。

巧みに物陰に身を隠しつつ、俊造は役者を追い続けた。

田四郎は黒船橋南詰の小道を西に入り、仕舞屋に行き着いた。格子戸を叩くと、おのぶが内から戸を開いた。

「嬉しい……来てくれたのね」

田四郎が招き入れられるのを見極めた役者は、仕舞屋の勝手口から内に入った。

田四郎と役者が仕舞屋に入ったのを見極めて、俊造は蓬莱橋へと戻って行った。

おのぶは例によって酒と手の動きとで、田四郎の口をこじ開けにかかった。

「知らない土地に来て、いやな目に遭わされてはいない？」

親身な物言いで問われた田四郎は、一気に不満をぶちまけ始めた。

「深川の水は水瓶の汲み置きを飲むんだよ。あんな水を五日も六日も飲むかと思うと、気がおかしくなりそうだ」

「本当に大変ねえ」

口直しにと、おのぶは酒を勧めた。灘の冷や酒だ。口当たりのよさにつられて、田四郎はぐい呑みを干し続けた。

「何代にも渡って集めてきた道具類を、江戸屋は惜しげもなく広間に飾っているそうだ」

喜八郎から聞かされた話の受け売りを、おのぶ相手にしたり顔で始めた。

「妻籠屋は、道具になにか仇をなす気でいると喜八郎は踏んだようだ」

田四郎が口を開くたびに、おのぶは先を催促するかのように身体を押しつけた。その柔肌《やわはだ》の温もりを味わいたくて、田四郎は先へ先へと話を進めた。

「潮が満ちたと判じた時に、江戸屋の広間に乗り込むらしい」

「あんたもその手伝いに駆り出されたの？」

おのぶは身体を押しつけた。

「いや、俺は店番だ」

田四郎の口は、すこぶる軽くなっていた。

「乗り込むって……いったい、どんなことをするのかしら」

おのぶが問いかけると、隣の部屋に潜んでいる役者が壁に耳を押しつけた。

「損料屋と材木屋の諍《いさか》いのために、なぜ俺が深川くんだりまで……」

田四郎は思いっきり顔をしかめた。

そんな企みのために、森田町から水のくそ不味《まず》い深川に出張らされた。

「しかも明日からは言い付けられたこと以外は、一切の外出を止められたんだ」

やってられないと毒づき、縁まで満たされたぐい呑みをあおった。

「その喜八郎さんには、番頭の嘉介さんのほかに下働きをするひとはいないの？」

「何人もいるさ」

田四郎は飲み干したぐい呑みを差し出した。

「それぐらいにしておかないと、損料屋でまたきついことを言われるでしょう？」

田四郎の身を案ずるふりを示し、下働きの仔細を問うた。

「なにをやってる連中なのか、名前も生業もまったく分からない」

人数は六人いたと教えた。

喜八郎がなにを企てているのか、肝の部分を洗いざらい聞き出せたのだ。手下の動きなど、もはやどうでもよかった。

「四ツまでには帰るんでしょう？」

*

おのぶは田四郎から身体を引いた。

「そうだけど、まだ半刻はあるさ」

「いいえ、四ツはもうすぐよ」

渋る田四郎を無理に立たせると、背中を強く押して玄関に向かわせた。

「森田町に戻ったら、また春日に来てね」

戸締まりをして座敷に戻ると、役者が壁に寄りかかっていた。

「たいした手練だ、あんたは」

役者は正味でおのぶを褒めた。

おのぶの姿が消えた座敷には耳・蹴出し・小僧も集まっていた。

「道具三品が狙いだと判ずる喜八郎は、やはりあなどれない男だ」

耳のつぶやきに、蹴出しがうなずいた。

「あの江戸屋の女将ほどの女《ひと》が想いを寄せるのも、当然でしょうね」

蹴出しの言い分に、小僧が表情を動かした。

「その女将だが」

小僧は三人の真ん中に座布団をずらした。

「こちらが狙っているのを承知で、道具三品を引っ込めないというのは、さすがは深川一と称される江戸屋の女将だ」

これで仕事がやりやすくなったと、小僧は眉の薄い顔の目を強く光らせた。

仲居の隙を見逃さず、軸・茶碗・屏風のすべてに疵をつけるのが鬼右衛門の企てだった。

その代わりに二千両という、途方もない高額の弁償金を江戸屋に申し出る。宴席には客に扮装した瓦版の耳鼻達《じびたつ》(記者)を、同席させる段取りだった。

二千両でも江戸屋が納得しなかったと瓦版で報じたら、たちまち江戸中から怨嗟の声が沸き上がるだろう。

江戸屋への悪評は深川の恥である。

背後に控えた喜八郎と、奉行所の秋山が二千両にかかわっているようだと匂わせる。

庶民は美談よりも醜聞が大好きだ。

ことの真偽など、問題ではない。二千両に文句をつけたという点が肝心なのだ。

「女将の潔さが、おかしらの計略をすこぶる滑らかに進めさせてくれる」

小僧の顔に皮肉な笑いが貼り付いていた。

「まさに特ネタだ」

膝を打って立ち上がった役者は、濡れ縁に出た。大きな月が蒼い光で庭を照らしていた。

月光を浴びたあと、役者は振り返った。

「急ぎ今戸に向かおう」

役者が言うと耳も立ち上がった。

「陸を行くより、大川を奔らせよう」

四人が一斉に支度を始めていた。

＊

鬼右衛門が拵えた深い思案顔にも、月光が降り注いでいた。

清明の夜、江戸屋で女将に従っていた背の高い仲居頭のことが頭を離れなかった。

茶菓を運んできたときのすずよに、鬼右衛門は驚きを覚えた。横を向いたときのすずよが、だれかに似ていると思えたのだ。

そのだれかを思い出すことができず、あの日から思案を続けていた。

このたびの仕掛けの中で、必ずもう一度すずよと会うことになる。

そう決めた鬼右衛門は月を見上げた。

堀の静かな水面も、蒼い光を照り返していた。

牛天神

一

寛政六年三月十七日の朝、六ツ半（午前七時）過ぎ。江戸屋の仲居頭すずよは速歩《はやあし》で、佐賀町桟橋を目指していた。

今日の上天気を請け合うかのように、夜明けから威勢のいい朝日が昇っていた。

旅立ちを思わせる身なりのすずよは、菅笠を背中に垂らしていた。陽差しが強くなれば、これをかぶるのだろう。

いまは手拭いであねさん被りをしていた。

井桁《いげた》柄の藤色あわせに薄手の浴衣を羽織り、腰のあたりを紅色細紐で結んでいる。

両手は手甲がかぶさっており、脚絆を巻いた両足は紐付きわらじを履いていた。

右手は細身の杖を握っている。見るからに女の旅立ち装束であるが、旅の荷物を持ってはいなかった。

すずよは富岡八幡宮の一の鳥居を潜りながら、つい今し方、江戸屋を出たときのことを思い返した。

「行ってらっしゃい」

「お気をつけて」

勝手口で見送る仲居たちは、軽い言葉ですずよを送り出した。旅立ちを惜しむわけではなかったからだ。

すずよが向かう先は小石川の牛天神である。五日間続けて鬼右衛門封じの願掛け参りの、今朝が初日だった。

仲居仕事で毎日身体は動かしていた。しかし小石川までは乗合船と歩きで、片道二里(八キロ)もある長い道のりだ。

深川から出ることのないすずよには、片道二里は旅も同然だった。大事な願掛けを、自分の不注意からしくじることはできない。

旅立ちも同然の身繕いは、すずよが秘めた牛天神参りへの決意のあらわれだった。

足に巻いた脚絆と紐付きわらじが、早歩きを楽にしてくれた。そこまで歩みを速めたわけでもなかったが、佐賀町桟橋には四半刻(三十分)もかからずに行き着いた。

朝の桟橋は人混みが凄いだろうとは覚悟していた。が、すずよの思いを大きく超えて、桟橋はひとの群れで埋まっていた。

永代橋下から北に向けて、乗合船の桟橋が連なっていた。川岸までは砂地が続いており、大川には杉板の桟橋が構えられていた。

佐賀町桟橋を出る一番船は、日本橋の魚河岸に向かう明け六ツ（午前六時）の船だ。この船は小型で、船客は十五人限りだった。

桟橋に船客が群れ始めるのは、五ツに出る五橋行き船からである。

日本橋・両国橋・昌平橋・水道橋・吾妻橋に向かう船のことで、いずれも二丁櫓の大型船だった。

とはいえ、どの船も三十人限りである。乗り損ねることのないように、出船の半刻（一時間）前から船客は列を作り始めた。

佐賀町からの五橋のなかでは、水道橋が一番遠くだ。しかも一刻（二時間）に一便の運行である。

五ツの四半刻も前に着いたすずよだったが、なんと三十人目で列の最後尾だった。

「おまいさん、この船は初めてかい？」

すずよの前にいた、半纏姿の男が問うた。

「はい……」

あまりに凄い船待ち客の群れに気圧されたのか、応えた声はかすれ気味だった。

「あんたの番はおれが請け合うぜ」

男は胸を叩いた。

「他の客が来たら、もう一杯だと断るからよう。はええとこ二十文の船賃を払って、木札をもらってきねえ」

男が指差した先には小屋が建っていた。船頭の溜まり場だが水道橋行きの客は、小屋であらかじめ船賃の木札を買い求めた。

「ご親切に、ありがとう存じます」

礼を言い、木札を買ってから列に戻った。

「余計なことを訊くようだが、水道橋からどこか遠出をしなさるのかい?」

旅姿で杖を持ち、背中には菅笠まで垂らしているのだ。男が問うのも無理はなかった。

「小石川の北野天神様まで、お参りいたしますので」

「北野天神てえのは、牛天神だろう?」

男の両目が大きく見開かれていた。

「ご存じでらっしゃいますか?」

「ご存じもなにも、おれはそこの社務所の屋根を修繕している職人さ」

屋根葺き職人の好助《こうすけ》だと男は名乗ってから、話す声を小さくした。

「その身なりで小石川までお参りするてえのは、よほどのわけがありそうだが」

声を潜めた好助は、すずよに顔を近づけた。

すずよが答えをためらっていたら、好助は別の問いかけをしてきた。

「おめえさん、船着き場から牛天神までの道を知ってるかい?」

「存じません」

すずよは素直な物言いで即答した。

「だったら、おれについてくればいいさ」

女の足でも、その旅拵えなら四半刻少々で行き着けるだろう。道々、あれこれ話しながら向かえばいいと、好助が案内役を買って出た。

道不案内を案じていたすずよである。

「ありがとう存じます」

正味の物言いで礼を言った。

「この晴れっぷりじゃあ、水道橋に着くまでに菅笠が入り用になるぜ」

好助が見上げた空は、はや真っ青だった。

＊

鬼右衛門の一味が狙っているのは、江戸屋の家宝三品だと、喜八郎は断じた。

田四郎から聞き出した仔細に、役者たち四人は色めきたった。

飛び切りのネタだと確信した四人は、直ちに今戸に向かい、鬼右衛門に一切を報告した。

ところが鬼右衛門が大きく気を動かしたのは、江戸屋の仲居頭の件《くだり》だった。

すずよが十七日から満願日の二十一日まで、小石川の北野天神に願掛け参りをする
……これを聞くなり、黙して聞いていた目を開き、役者を見た。

北野天神の由緒を知らなかった鬼右衛門は、直ちに調べさせた。

「小石川の小山中腹にあり、女坂の彼方には水戸様のお屋敷が望めます。さらには富士山まで遠望できる、景勝豊かな神社です」

自然石の牛が境内に横たわっており、撫でれば願い事がかなうとの言い伝えにより別名、牛天神の名でも知られていますと、調べは行き届いていた。

聞き取った鬼右衛門は、みずから牛天神への参詣を決めた。

妻を失い、神仏など頼りにならぬと思い定めたことで、悪事も厭わずの決断をした鬼右衛門である。

牛天神の由緒を聞かされても、いささかも気持ちは動かなかった。

深川には江戸で一番の富岡八幡宮がある。成田山の深川不動尊もあった。

さらには深川七福神と称される寺社まで、大事に擁している土地柄だ。

いかほど牛天神がありがたかろうが、ご利益目当てだけの参詣には遠すぎると思えた。

すずよが五日間続ける牛天神参りの、真の目的は何なのか？

思索を巡らせるにつれて、ますますすずよをもう一度自分の目で確かめたいという思いにかられた。

それを隠さずに四人に明かした。

役者も耳も蹴出しも小僧も、驚きを内に隠して、鬼右衛門の言い分を聞いていた。

妻籠屋手代のひとりは、江戸市中の隅々にまで通じていた。

「ここ（今戸）から小石川の牛天神に向かうには、どの道筋が一番なのか」

問われた手代はたちまち道筋を書き出した。

猪牙舟を仕立てて大川から神田川に入る。下船はお茶の水渓谷もしくは水道橋。

手前のお茶の水のほうが陸を行く道のりは延びるが、辻駕籠を拾いやすい。

「ただいま夜空を確かめましたが、明日も上天気と心得ます」

猪牙舟と辻駕籠を使えば、小石川まで心地よい外出が楽しめますと、行程を聞かせた。

「わかった。明朝六ツ半発ちの猪牙舟を手配りしてもらおう」

「かしこまりました」

妻籠屋から一町先には猪牙舟の船宿だるまやがあった。六尺近い大男の多市《たいち》は、鬼右衛門掛の船頭である。

全力で漕げば今戸からお茶の水渓谷まで、半刻で充分という図抜けた速さの漕ぎ手だ。腕がいいだけに、多市をひいきにする客は多数いた。

夜更かしの猪牙舟船頭は朝が遅い。六ツ半に多市を名指しするには、夜の内に話を通しておく必要があった。

船宿まで駆け足で往復した手代だが、いささかも息を乱してはいなかった。

「六ツ半に多市さんが参ります」

妻籠屋自前の桟橋に、多市は猪牙舟を舫う段取りになっていた。

鬼右衛門は手配りのねぎらいに、一分金一枚を握らせた。給金もそうだが、ねぎらいの駄賃も鬼右衛門は惜しまなかった。

肚を括って悪巧みに手を染める配下の者には、充分以上のカネを払うのが不可欠だと承知していた。

床に入ったあと、鬼右衛門はすずよの顔を思い浮かべた。

女にしては大柄で、五尺四寸（約百六十四センチ）はありそうだった。

あのすずよが、どんな装束で牛天神にあらわれるのか……。

六ツ半に今戸を出れば、お茶の水桟橋到着は五ツどきだ。速さ自慢の辻駕籠を雇えば、牛天神まで四半刻で行き着けるだろう。

佐賀町発の水道橋行き一番船が五ツ発なのは、手代が調べていた。二丁櫓の乗合船は、佐賀町から水道橋まで半刻少々で走った。

水道橋から牛天神まで、女の足では半刻以上かかるだろう。佐賀町を五ツに出てから牛天神まで、早くても一刻はかかる。

到着は四ツ（午前十時）以降だと鬼右衛門は読んだ。

牛天神に先回りして、願掛けに出向いてくるすずよの様子を近くで見る……。

鬼右衛門は自分でも驚いたが、すずよとの出会いを思ったら気持ちが安らいだ。

ふうっ。

大きな息を吐き出し、横向きになった。

二

鬼右衛門は宗匠頭巾をかぶり、十徳を羽織っていた。着ているのは焦げ茶色の結城《ゆうき》で、白足袋に草履といういで立ちである。

境内の掃除をしていた下男も、鬼右衛門が茶道か俳句の宗匠だと勝手に思い込んで話しかけてきた。

「おたくさんが立っとる下に延びとるんが、牛天神の女坂だでよ」

ゆるい坂道は徳川御三家の水戸徳川家上屋敷近くまで続いていると説明した。

刻はまだ五ツ半（午前九時）を少々過ぎたかという見当である。すずよがこの牛天神に到着しているはずはなかった。

が、鬼右衛門は自分が立てた見当を、確かめもせず鵜呑みにする男ではなかった。

「すまないが寺男さん、床几《しょうぎ》のようなものがあれば暫時拝借できないだろうか」

一刻近く、この場に居続けることになりそうだからと、わけを明かした。

「俳句をひねるんかね」

宗匠からていねいな物言いで頼まれたのだ。気をよくした下男は笑みを見せた。

「納屋に仕舞っとるだで」

竹ぼうきを手にしたまま、下男は納屋へと足を急がせた。戻ってきたときは、厚手の布を張った折り畳みの床几を手にしていた。

「こんなんで、おたくさんの役に立つだかね」

「大いにそれで結構だ」

十徳のたもとから取り出した四文銭二枚を下男に握らせた。ほどのいい心付けである。

「ほかにまだ、なにかあるかね？」

心付けが効いたのか、下男の物言いには親しさが滲んでいた。鬼右衛門は人影のない境内を見回してから、男に目を戻した。

「自然石の牛を撫でると大層な御利益があると聞いてきたが、参詣客はさほどに多くはないようだが……」

鬼右衛門が話している途中で、男は大きく首を振った。

「それはあんたの思い違いだがね」

竹ぼうきの柄を両手で握り、身体の前に立てた。上体を前のめりにするかのような姿勢だ。

「四ツを過ぎたら、江戸のあちこちからひとがお参りに来なさるだよ」

縁日でもない限り、朝の参詣は地元の住民が大半だ。連中は夜明けから五ツまでに、毎朝のお参りを済ませている。

「もう五ツ半を過ぎてるでよ。ひとの姿がないのも当たり前だがね」

牛天神で働く下男は、強い口調で鬼右衛門の言い分を諫《いさ》めた。

「うかつな物言いをして申しわけない」

床几に座ったまま詫びたら、下男は気をよくしたらしい。

「今朝のよそ者は、あんたが初めてだがね」

鬼右衛門が聞きたかったこと……すずよはまだ参詣していないことを、下男のほうから答えてくれた。

「これから、ずんずん陽が昇るだ。今朝は思いっきり晴れとるだで、水戸様のお屋敷も飛び切りの眺めだで」

陽が高くなるにつれて、前方に広がる水戸藩上屋敷の景観が美しい変化を見せていた。

下男は鬼右衛門の脇に立ち、眼下の眺めを共に愛で始めた。

森を思わせる樹木の大半は、緑葉を茂らせているのだろう。遠目には濃緑の森にしか見えなかった。

広大な屋敷内には、幾つも池が設けられていた。どの池も満々と水が張られていた。陽が降り注ぐ水面はキラキラ輝いている。

光っている池の周囲には桜が植えられている。清明を十日も過ぎたいまでも、屋敷内にはまだ散り残っている桜があるようだ。

屋敷を見る目を逆に転じると、彼方には富士山が眺められた。

景勝に富んだ神社だとの評判には、いささかの誇張もなかった。

下男との話に区切りをつけた鬼右衛門は、床几の座り方を真後ろ向きに変えた。座したまま、眺望が楽しめる向きである。

一服を吹かしたいと思い、キセル入れを取り出そうとした。その途中で、天神さまの境内だと思い当たり、煙草を諦めた。

吹かせずとも、景観の雄大さが鬼右衛門の心持ちを和ませてくれた。境内には富士見のできる二階家の茶店があり、梅の木が取り囲んでいた。

花の季節はとうに過ぎていたが、梅のほのかな香りは残っているのだろう。

深い息を吸い込んだら、淡い香りが漂っている気がしたが……。

「わしがいれた梅湯だで、風流とは縁がねっけども、よかったら飲んでくれや」

梅の香りは下男のいれた梅湯のものだった。

「これはありがたい」

あたまを下げて礼を言ったあと、鬼右衛門は再び四文銭二枚を握らせようとした。

男は半端な遠慮はせず、嬉しそうな顔で受け取った。

場を離れる前に、提げていた土瓶を床几の脇に置いた。

「代わりがいるなら言ってくだせ。おらは境内のどっかにおるだから」

「ありがとう」

湯呑みを手にした形で、男に礼を言った。梅の古木に立てかけていた竹ぼうきを手にした男は、社務所の方角に戻って行った。

土瓶には梅花の塩漬けがほどよく入っているようだ。淡い香りの源である。

男がいれてくれた一杯目を味わったときから、鬼右衛門はあることを思い出していた。亡くなったさよ乃がまだ達者だったころ、一度だけだったが梅湯を拵えたことがあった。水戸を訪れていた友が、旅のみやげにくれた梅湯の素だった。

とはいえ梅花ではなく、梅味付きの塩に香りを混ぜただけの品だ。しかし鬼右衛門もさよ乃も、あのとき初めて味わったのだ。

「これはいい」

「とっても美味しい」

ふたりは競いあって代わりを味わった。

さよ乃の勝ち気には、番たびげんなりさせられていた。いまは、気を弾ませて思い出していた。

禍々しい日々を過ごしている鬼右衛門である。いま境内で床几に座しているのも、つまりは江戸屋への仕掛けを万全とするための準備といえた。

おれともあろうものが、なにを懐かしむことがあろうか！

おのれに舌打ちをして湯を飲み干したとき、待っていたすずよが男坂から境内に入ってきた。

背を向けて座していた鬼右衛門だが、声ですずよが来たとわかった。調子は低いが艶があり、鬼右衛門好みの声質だった。

「そいじゃあ、おれは仕事があるんで」

「ご案内いただけて、本当に助かりました」

鬼右衛門の真後ろで、すずよは好助に礼を言った。

「おれの仕事は今日一日で片付くからよう。明日はもう一緒はできねえが、桟橋からの道筋は覚えられたかい？」

「しっかりと覚えました」

すずよの低い声が弾んでいた。

「なら、もうおれの出番じゃねえ」

好助は鼻を右手で威勢よく拭うと、玉砂利を踏み鳴らして社務所へと向かった。その後ろ姿に辞儀をしたすずよは杖はつかず、抱え持つ形で狛犬《こまいぬ》のほうに歩き始めた。

ゆっくりと身体の向きを変えた鬼右衛門は、このとき初めてすずよの姿を見た。

「なんと……」

胸の内の声を呑み込んだ。思いもしなかった旅姿だったからだ。

陽はすずよの身体一杯に降り注いでいた。あねさん被りのあたまにも顔にも、春の陽があたっていた。

菅笠はかぶらず背中に垂らしたままだ。鬼右衛門にはすずよの横顔が見えた。

社殿に向かって右、口を開いた阿《あ》像の狛犬に近寄ったすずよは、狛犬の尻のあたりに両手を置いた。

鬼右衛門に背を向けており、すずよの表情はわからなかった。

しばらく阿像の尻を撫でていたすずよが、なにかを見つけたらしい。狛犬の前脚の側に移り腹をのぞき込んだ。

「ああっ……」

漏らした悲鳴のような声は、離れて座っている鬼右衛門にもはっきりと聞こえた。

自分が見詰められているとは、かけらも思っていないのだろう。隙だらけの格好で、すずよが狛犬の前脚に触れようとしたら、腰が砕けそうなほどに、身体から力が抜けたらしい。鬼右衛門はすずよの動揺ぶりを見逃さなかった。

だれかが手を貸さなければ、その場に崩れ落ちそうだ。

それでも鬼右衛門は床几から立ち上がらずにいた。

すずよは力尽きたかの如く、台座の前にしゃがみ込んだ。

まだ屋根に上がっていなかった好助が、玉砂利を鳴らして駆け寄ってきた。

「どうなすったんでえ、すずよさん」

しゃがみ込んだすずよの肩に、好助はためらい気味に手を置いた。

その手を払いもせず、すずよはよろめき気味に立ち上がった。

「ご心配をかけました」

立ち上がったあとは、声も立ち姿もしゃきっとしたものに戻っていた。

「この狛犬が、どうかしやしたかい？」

「こんな狛犬が、狛犬さんを見たのは初めてです」

すずよは前脚の部分を指し示した。

鬼右衛門が目を凝らすと、赤子の狛犬が母親の腹に背伸びをして、乳を吸おうとしているのが見えた。

「これが気になって、腰砕けになったんですかい？」

すずよは無言のまま、うなずいた。

「初めて見たてえなら驚くのも無理はねえが、ここの狛犬は吽《うん》像のほうも、よそにはねえという狛犬ですぜ」

「ぜひ見させてください」

すずよは確かな足取りで、左側の狛犬に近寄った。好助が慌ててあとを追った。

「どこが違うのでしょうか」

「背中を見りゃあ、一目でさ」

好助が言い終わらぬうちに、すずよは狛犬の背中を見た。

「ああ……」

つい先刻と同じ調子の声を漏らした。

吽像の背中には子犬が一匹、懸命にしがみついていた。

こらえていた堰が、ここで音を立てて切れたのだろう。

「ううっ……」

嗚咽を漏らし、両目からは大粒の涙が玉砂利に落ちた。

好助は途方に暮れたという顔で、すずよを見ているだけである。

「うむっ」

宗匠頭巾をかぶった鬼右衛門のあたまが、びくっと動いた。すずよの泣き崩れた横顔を見て、いま初めて、だれに似ていると思っていたかが分かった。

七歳のとき、行方知れずになった母だった。

鬼右衛門の記憶から、母の顔はすっぽりと抜け落ちていた。

こども時分に深川で遊んだ仲間の顔も、土左衛門と化した鴈治郎の膨らんだ顔も、絵に描けるほど鮮明に覚えていた。

母だけが、抜け落ちていた。

一緒に本所の奉公先まで向かった後で、そのまま姿をくらましたのだ。悲しかったし、会いたくてたまらなかった。

が、恨みに思ったことは一度もなかった。その代わり、顔の記憶が消されたのだろう。

丁稚小僧から手代に取り立てられたとき、縦縞のお仕着せと足袋、手拭いを番頭から下された。

母にひと目見せたいとの思いが込み上げて、福太郎は涙を落とした。

番頭も年長の手代も、取り立てられた喜びの涙だと取り違えていた。

それ以後も、節目ごとに母を思った。どれだけ思いを募らせても、顔は黒く塗り潰されていた。

狛犬を撫でながら、泣き崩れるすずよ。

母だと思ったものの、すずよに似ているか否かは、じつは分からないままだった。

しかし狛犬の子を撫でたときのすずよと、母とは寸分の隙間もなく重なり合った。

行方をくらましても、行く先々で福太郎を思い、泣き崩れている。

すずよの振舞いが、抜け落ちていた母の顔の記憶を埋めてくれた。

三

「お手数をかけることになって、申しわけもごぜえやせんが」

三月十七日の九ツ半（午後一時）過ぎに、芳蔵《よしぞう》が蓬莱橋の損料屋に顔を出した。江戸屋の下足番で、一度見た客の顔は全て覚えているという強者である。

「女将がなにとぞ、喜八郎さんにお越しいただきてえと申しておりやす」

滅多なことでは喜八郎に呼び出しをかけたりはしない秀弥である。

「承知したとお伝えください」

芳蔵から用向きを聞き取った喜八郎は、急ぎ身支度を済ませた。今日が上天気なのは、差し込む陽の明るさで察しがついた。

秀弥が好みで誂えてくれた群青色の縦縞に袖を通し、焦げ茶色の鼻緒にすげかえたばかりの雪駄を履いた。

仲町でもっとも格式の高い料亭・江戸屋を訪れるのだ。昼間の所用で顔を出すとはいえ、相応の身なりは欠かせなかった。

先回りしていた芳蔵は、姿を見せた喜八郎を庭伝いに離れへと案内を始めた。

「すずよさんは？」

仲居頭ではなく芳蔵の案内である。異変を察した喜八郎が質した。

「女将から話があるはずでさ」

たとえ喜八郎が相手であっても、余計なことは言わないのが芳蔵である。喜八郎もそれ以上は問わず、離れに向かった。

芳蔵は雪駄ではなく足駄を履いていた。敷石伝いに離れに向かう足音を、秀弥に聞かせるためだ。着いたとき、秀弥は入り口で喜八郎を迎えた。

何度も使ってきた離れだが、秀弥の案内で座敷に上がるのはめずらしかった。いつもは仲居頭のすずよが喜八郎や秋山、伊勢屋などを案内していたからだ。

竹藪が離れのすぐそばまで迫っていた。春爛漫というよりは、初夏が近いと思わせる陽差しである。

竹藪を渡った青い香りの風が、縁側から座敷に流れ込んでいた。

秀弥が調えた焙じ茶が、喜八郎に供された。宇治や抹茶よりも、熱々の焙じ茶が喜八郎の好みと心得ている秀弥の支度だった。

茶請けの干菓子は、秋山から教わった喜八郎の好物である。

「カリッ」

乾いた音を立てて前歯で噛むのも、秋山流だ。喜八郎は焙じ茶とともに喉に流した。

湯呑みが膝元に戻されたのを見て、秀弥は話を始めた。

「すずよは今朝から小石川牛天神さまに、願掛け参りを始めました」

いつも通りの静かな物言いで始まった。

「妻籠屋様宴席の二十一日を満願日として、五日続けてのお参りになります」

喜八郎の窪んだ目を見詰めて話を続けた。

「土地の鎮守様・富岡八幡宮を筆頭に、深川には数多くの寺社があります」

小石川では毎日のお参りも大変ですと、秀弥は深川を勧めたのだが。

「火除け地の市場のことで、すずよは妻籠屋さんの底知れなさを思い知ったのです」

土地の鎮守様・富岡八幡宮にお許し願い参りをしてまで、すずよは五日間の牛天神参りを決めていた。

そこまでいうのならと、秀弥はすずよに代案を示した。

「芳蔵を供につけてはどうかと申したのですが」

すずよは強い口調で、これも拒んだ。

「お店の安寧祈願参りの奉公人にお供がつくなど、筋違いです」

すずよの言い分は、秀弥とて受け入れざるを得なかった。

とりあえずひとりで出したものの、戻ってきたときの様子が尋常ではなかった。

「まだ四日もあります」

秀弥は訴えかけるような目で、喜八郎を見た。これほどの生身の眼差しを、喜八郎は初めて受け止めた。

いかほどすずよを案じているかが、秀弥の目から伝わってきた。

「明日から手の者をつけます」

顔を知られていない者を選びますと、付け加えた。その喜八郎に寄りかからんばかりに、安堵した秀弥の目は潤んでいた。

束の間、秀弥の眼差しを受け止めたあと、喜八郎は問いを発した。

「すずよさんの道のりは？」

問われた秀弥は真顔に戻った。

「五ツの船で水道橋に向かい、あとは小石川まで歩きです」

水道橋からは辻駕籠をと強く勧めたが、すずよは聞く耳を持たなかったという。

「旅支度も同然でお参りを続けるすずよを、なにとぞお守りください」

「承知しました」

喜八郎は背筋を伸ばし、窪んだ目を秀弥に向けた。

「明日も同じ身なりですね？」

「五日間同じと決めています」

すずよの縁起担ぎだった。

「目立つ旅支度身なりは、あとを追うには好都合です」

すずよさんの身を守りますと、喜八郎は静かながらも、きっぱり請け合った。

「ありがとう存じます」

礼のあと、焙じ茶をすすった秀弥は、すずよの身の上を話し始めた。

「わたしとすずよは同い年です」

湯呑みを茶托に戻し、あとを続けた。

「十八でここに来たときのすずよは、上背の高さが目立つほどに痩せていました」

話を続ける秀弥の目を、喜八郎は真っ直ぐに見詰め返して聞いていた。

＊

千住が在所だったすずよは十六の春、土地の左官職人塩平《しおへい》と所帯を構えた。深川に移ってきたのは祝言の年の暮れで、おなかには三月目の子を宿していた。

翌年夏に男児を出産。長屋の面々は丈夫な子を授かったすずよを祝ってくれた。ところが時を同じくして、塩平は閻魔堂《えんまどう》裏の賭場に嵌まった。

「ガキの鳴き声が、我慢ならねえ」

賭場に沈めるカネは稼ぎでは足りず、すずよの蓄えまでむしり取った。

挙げ句、賭場の若い衆と喧嘩騒ぎを起こし、行方知れずとなった。

「砂村の十万坪に埋められたらしい」

乳飲み子を抱えたすずよに、きついうわさが聞こえた。さらには賭場の連中が長屋に押しかけて、家財道具をむしり取った。

「塩平が残した借金のカタだ」

途方に暮れたが、泣いていても生きてはいけない。長屋の差配の口利きで、一膳飯屋の下働きを始めた。

上背のあるのが幸いし、高い棚の片付けもはかどった。あるじもすずよの働きぶりを重宝したが、女房の焼き餅で暇を出された。

すずよの人柄を買っていた差配の計らいで、店賃は待ってもらえた。しかし暮らしのカネに詰まっていた。

母体に滋養が行き渡らず、乳の出もわるくなった。飢えた乳飲み子は年明け早々、息をしなくなった。

差配の号令で、長屋から弔いは出せた。しかし塩平は長屋の厄介者だったし、賭場の連中はその後も大暴れも繰り返していた。

さらには一膳飯屋の女房が、すずよの悪口をしつこく振り撒いていた。

子まで亡くして望みを失ったすずよは、痩せ衰えて寝込んでしまった。そんなすずよを江戸屋に世話したのも差配だった。

事情を聞き取った先代秀弥は、すずよを下働きに雇った。

陰日向なく務めるすずよを仲居に取り立てたのは、代替わり直後の秀弥である。

ご恩に報いるために……。

すずよはいまも、この一心で奉公していた。

＊

「胸に響きました」

長い話を聞き終えた喜八郎は、抑えた口調で応じた。

響いたのは、すずよのことだけではない。心底大事に思っている秀弥の情の篤さに、いまさらながら喜八郎は打たれていた。

「満願日まで、すずよさんの安泰をお預かりします」

秀弥への想いを内に秘めていながら、喜八郎は静かに答えた。

「お願い申し上げます」

喜八郎を見詰める秀弥の目は、底の深い潤みを宿していた。

四

牛天神の男坂下では、往路で雇った辻駕籠が待っていた。前棒は駕籠の脇に立ったまま、キセルで煙草を吹かしていた。

坂を降りてきた鬼右衛門を見るなり、足元に吸い殻を叩き落とした。わらじの底で踏み潰して、吸い殻の火も潰した。

「来たときよりも速く戻ってくれ」

前棒の目を見詰めて注文を口にした。速さに応じた酒手があてにできると、前棒は察したようだ。

「がってんでさ」

駕籠の垂れをめくり、客を招き入れた。辻駕籠には乗り慣れている鬼右衛門である。脱いだ履き物の底を合わせ、膝元に置いた。

四つ手駕籠の骨には手拭いが吊り下げられていた。駕籠の走りに調子を合わせるために、強い力で摑む手拭いである。

往路でたっぷり酒手をもらった駕籠舁きは、新しい手拭いに取り替えていた。

前棒が先に肩を入れ、後棒が続いた。駕籠舁きはふたりとも六尺（約百八十二センチ）はありそうな大男だ。

お茶の水渓谷の桟橋で客待ちをしていた辻駕籠のなかから、鬼右衛門が名指した一挺だった。

前後の長柄に肩が入ると、駕籠は地べたから一尺近く浮き上がった。駕籠舁きがふたりとも大柄だからだ。

これだけ高く浮いていれば、地べたに転がっているゴミも小石も、駕籠の底にぶつかる心配はなかった。

長柄に肩を入れた前棒は、樫を削り出して作った息杖を地べたに叩きつけた。

お茶の水渓谷目指して、駕籠が走り出した。

*

渓谷下の桟橋では、多市が艫《とも》に座して待っていた。

「おかえんなせえ」

出迎えられた鬼右衛門は、よほど巧みに辻駕籠に乗ってきたらしい。羽織った十徳には、土埃のひとかけらもついてなかった。

「全力で奔ってくれ」

鬼右衛門の指図は短い。

「へいっ」

多市の返事は、さらに短かった。答えるなり、両腕の力こぶが盛り上がったかに見えた。

鬼右衛門を乗せた猪牙舟は、神田川の水面を真っ二つに切り裂いて疾走を始めた。羽織った十徳のたもとが、風を浴びて後ろに流れるほどの速さだ。

宗匠頭巾も揺れていた。鬼右衛門は速さに満足げな顔で、頭巾を右手で押さえていた。一刻も早く妻籠屋に帰り、役者・耳・小僧・蹴出しの四人を呼び集めたい鬼右衛門である。速さのために舟が揺れようが、水しぶきを浴びようが、お構いなしだった。

昌平橋の手前では、多市に張り合う船頭が出てきた。

イノシシの牙のように尖った水押《みよし》が真っ赤なのが、多市の猪牙舟である。大川を行き来する猪牙舟船頭の大半は、多市が近づくと舟を脇にどけて水路を譲った。

神田川の船頭は、多市を知らなかったらしい。一気に抜き去られるなり、懸命にあとを追ってきた。乗っている客も船頭を煽り立てているようだった。

多市の舷側から一尺の隙間もないまでに、舟を幅寄せしてきた。

「どちらの宗匠かは存じませんが、せっかくの十徳にこちらの水しぶきがかかりますよ」

鬼右衛門の身なりを、しわのない白い顔をした男がからかった。

鬼右衛門は相手にせず、前方を見詰めていた。柳橋方面から、一杯の屋根船が向かって来ていた。

振り返った鬼右衛門は、多市に目配せをした。察した多市は、一気に漕ぎ方を速めた。

負けじとばかり、相手の猪牙舟も漕ぎ方が速くなった。

「あんたが抜き去るのに、柳橋まではかからないだろうね」

客が船頭を煽る声は甲高く、キイキイした声である。ギイッ、ギイッと櫓を軋ませる音も高くなった。

向かってくる屋根船をめがけて、多市は突進した。脇を奔る猪牙舟は、多市との幅を保とうとして懸命だった。

屋根船まで五尋（約七・五メートル）に迫ったとき、多市は漕ぎ方を変えて右に逃げた。

相手の猪牙舟も多市を追って右に動いたが、屋根船は眼前にまで迫っていた。逃げ切れず、屋根船の舳先が猪牙舟の横腹にぶつかった。

ドスンッ！

鈍い音を立てて、猪牙舟は転覆した。客も船頭も神田川に投げ出された。

「助けてくれええ……あたしは泳げない」

客が悲鳴を挙げたとき、鬼右衛門は早くも柳橋を前方に見ていた。

「さすがは旦那でさあ！」

櫓を漕ぐ両手に力を込めた多市が、思い切り声を張った。

「旦那を乗せて他の舟とやり合ったときは、一度だって負けた例《ため》しがねえんでさ」

旦那には水神様がついていなさると、感心を込めて強く言い切った。

いつもなら多市の言い分が、心地よく響いたはずだった。しかし牛天神ですずよを見たいまは、船頭の鬼右衛門を讃える言葉は耳を素通りした。

ひとを追い落とすことに、いまの鬼右衛門は倦んでいた。狛犬を撫でて泣き崩れていたすずよの姿が、脳裏に焼き付いていたのだ。

狛犬を撫でて泣き崩れたすずよの姿と母とが、鬼右衛門の脳裏で重なり合った。

遠いあの日、行方知れずとなった母だった。

が、陰では常に子を想っていてくれたに違いないと、確信できた。

その刹那、他人を蹴落とす生き方に、嫌悪の念を抱いた。

その一方で、水神様がついていると言われたことは、深く鬼右衛門に食い込んでいた。

水神様がついているのか……。

多市の言い分をなぞり返していたら、水神様に肝を鷲づかみにされた。

進むべき新たな道を示された。

＊

江戸市中のどこにいようが、呼び出しを受けたら一刻の内に顔を出す。

役者・耳・小僧・蹴出しの四人は、この約束を書面で鬼右衛門に差し入れていた。

牛天神参詣を終えたあとの、三月十七日七ツ半（午後五時）。四人は今戸の妻籠屋に顔を揃えていた。

最初に着いた蹴出しは、茶の支度をして仲間の到着を待った。

座の全員に蹴出しのいれた茶が行き渡ったのを見極めて、鬼右衛門は口を開いた。

「なにを差し置くことになってもよい。これから話すことに、直ちに取り組んでもらう」

　四人の目が鬼右衛門に集まった。

「江戸屋の仲居頭、すずよを洗ってくれ」

　これを告げただけで鬼右衛門は口を閉じ、茶をすすった。

「すずよのなにを洗えばいいのですか？」

　問うたのは耳だった。四人のなかで、もっとも聞き込みの技には長けていた。

「なにもかもだ」

　答えた鬼右衛門は湯呑みを膝元に置いた。

「在所はどこで、歳は幾つなのか。連れ合いはいないのか、こどもはどうなのか」

　なにが好きで、嫌いなものはなにかまで、分かる限りを洗い出すようにと命じた。

「いつものことだが、費えには限りをつけない。だれに下働きをさせようが、一切問わない。大事なのは、正しい答えを得ることだ」

　指図を告げる鬼右衛門の両目が、いつも以上に強い光を帯びている。ただごとではないと、四人とも顔つきを引き締めた。

「明日の今時分までには、おおまかな答えを聞かせてくれ」

　期限が明日と言われて、座の気配が一気に張り詰めた。これだけの聞き込みである。まさか、そこまで早く答えを求められるとは思ってなかったのだろう。

「すずよは明日も小石川の牛天神に参詣する。四ツに牛天神の境内で会える」

この言葉で指図は終わった。そして当座の費えとして、ひとり二十両が渡された。

破格の当座用立て金である。金高の多さが、鬼右衛門の本気ぶりを示していた。

妻籠屋を出たあと、四人は柳橋の小料理屋・春日に向かった。明日の七ツ半までには、なんらかの答えを用意しなくてはならない。

限られた時のなかで確かな成果を得るには、綿密な話し合いが不可欠だった。

春日は耳の持ち物である。他人の耳目を気にすることなく、存分に話し合いができた。

「すずよには男のにおいも、所帯やつれしたにおいもまったく感じられなかった」

江戸屋ほどの老舗なら、仲居頭に就くには十年はかかる。

「通いの女が仲居頭に取り立てられるのは、きわめてまれなもの」

口を開いたのは蹴出しだった。

「いまが三十路だったとすれば、江戸屋に奉公を始めたのは二十前でしょう。もしも男とわけがあったとすれば、奉公前の十代のことでしょうね」

奉公を始めたあとでは、男出入りはあり得ない。

「江戸屋のような格式の高い料亭では、仲居も板場も、身持ちの固いことを一番に求められるから」

蹴出しの言い分には全員が納得した。

次に口を開いたのは小僧だった。

「蹴出しの言い分で、ふと思ったんだが」

小僧は菓子皿のもなかを口に入れ、茶を飲んでから続きを話した。

「深川中の産婆に聞き込みをかけるのは、大事な一手かもしれないね」

「あの地味な女に？」

耳がいぶかしげな声を発した。

蹴出しは逆に、得心顔を小僧に向けた。

「若い時分に男とわけがあって、その挙げ句に仲居奉公を始めたのだとすれば、産婆はなによりの聞き込み先だわ」

地元の女の動向には、産婆が一番通じている。

「口入れ屋に聞くのもひとつの手だろう」

耳が思案を口にした。

「江戸屋なら、たとえ板場の追い回しを採るときでも、素性の確かな者に限るはずだ」

仲居の周旋ができる口入れ屋は、深川に二軒しかない。

「どちらにも伝手《つて》がある。聞き込みはまかせてくれ」

口入れ屋は耳が請け合った。

他にも町飛脚、横持ち屋、鍼灸師、車屋、棒手振など、長屋に出入りする生業が次々と挙げられた。

「明日までに聞き込みができる先に絞って、手分けして始めようぜ」

役者が断を下した。

牛天神境内ですずよを検分するのは小僧と決まった。

「なにがあったのかは察しようもないが、抜かりなく動こう」

耳の言い分でお開きとなった。

役者・小僧・蹴出しは茶の残りもそのままにして、夜の町に出て行った。

五

三月十七日は夜になっても晴れが続いた。鬼右衛門は仏間にひとり座していた。

元来が信心深い男だ。さよ乃存命中に住まいを新築したとき、仏間は念入りに造作した。さよ乃もまた、信心深かった。

「お願いがひとつあります」

仏間の普請に取りかかる前に、さよ乃はめずらしくおねだりを口にした。

「わたしもこの仏壇に祀ってもらえるでしょう？」

真顔で問われた鬼右衛門は「当たり前だ」と語気を強めた。

「でしたら位牌になったあとも月が見えるように、仏壇を南向きに設えてください」

夜空を昇る月を、仏壇に祀られてからも見ていたい……これがさよ乃の願いだった。

「わたしが先に祀られることになるだろうが、月の見える仏間は佳き趣向だ」

さよ乃の願い通り普請した仏間で、鬼右衛門は思案にふけっていた。

満月は二日前だったが、月はまだ充分に大きい。障子戸を開いた仏間には、磨き上げた御影石が弾き返す青い光が差し込んでいた。

これもさよ乃の思案で造作した仕掛けである。月光が仏間に差し込むようにと、庭の一角には傾斜をつけた板張りがあった。

磨きをかけた御影石が板の上に敷き詰められている。三月から中秋までは、この御影石が月光を弾き返して仏間を照らした。

仏壇を背にして庭を見るのは、思えば何年もなかったことだ。灯明も灯しておらず、仏間は暗い。

部屋に明かりがないだけに、差し込む月光の青さが際立っていた。

牛天神の狛犬に手を置いて、すずよは泣き崩れた。

過ぎゆくときに合わせて、鬼右衛門のなかですずよの姿が膨らんでいた。

恋慕の思いとは明らかに違っていた。とはいえ、かつて味わったことのない思いだけに、鬼右衛門は自分を持て余していた。

あれだけ手数をかけ、費えも投じて支度を進めてきた、喜八郎と深川への意趣返し。

その思いも、いまではひどく薄まっていた。

こんな自分にケリをつける手立ては、ただひとつ。すずよに会うことだ。

肚をくった鬼右衛門は、丹田に力を込めた。下腹が鋼《はがね》ほどに硬くなっていた。

＊

三月十八日、八ツ半（午後三時）過ぎ。役者たち四人は春日に集まっていた。

「すずよは鬼右衛門さんから聞かされた通り、男坂の石段を登ってきた」

最初に話を始めたのは小僧だった。

「手甲脚絆の旅姿で、社殿の前では一心に祈願を続けていたんだが……」

言葉を区切ると、茶請けのようかんを頬張った。小僧は酒より甘味を好んだ。

「参詣を終えて境内を出るなり、狛犬に近寄ったんだ」

何度も撫でたあとは、込み上げる涙をこらえるようにして男坂を下って行った。

「すずよの狛犬の撫で方が尋常ではなかったから、おみくじ売りの婆さんにわけを訊いてみた」

よその神社の狛犬とは違い、あ・うんの、どちらも子犬と一緒だったと、婆さんから聞いた話を受け売りした。

「小僧の話で、大きに得心がいった」

耳が話を引き取った。この朝早く、耳は米屋の一件以来カネで使っている傳八の宿に押しかけた。瓦版の耳鼻達でもある傳八は、深川には明るい。

「歳を重ねた産婆を残らず教えろ」

傳八から教わった産婆の四人目で、すずよの昔を知っている者に行き当たった。

「すずよさんに、いい縁談が持ち込まれましてね。釣書を仕上げるために、来し方を聞いて回っています」

代書屋に化けた耳は、巧みな物言いで産婆の口をゆるめさせた。すずよのためになる話だと何度も告げて、手土産まで差し出していた。

「すずよは十七で男の子を授かっていた」

できのわるい亭主が賭場に借金を背負い、蓄えをそっくり持ち出した挙げ句に、行方知れずとなった。

「亭主は賭場の若い者に始末されたそうだ。気持ちが折れてカネにも詰まったことで、すずよは赤子を死なせてしまった」

その子には墓もなく、本所の生臭坊主の寺に無縁仏で埋められていた。

「いまでもすずよは、その子の祥月命日には、本所の寺にお参りしている」

耳が話を閉じた。

「そんな昔を背負っていたら、狛犬を見て泣き崩れても仕方がないわね」

滅多なことでは他人に同情することのない蹴出しが、吐息を漏らした。

「若い時分、セコな男に引っかかったという話は、掃いて捨てるほどある」

役者が口を開いた。

「そう言っては身も蓋もないが、江戸屋のすずよという女には、おれはまるでそそられはしない」

鬼右衛門がなにを思ってここまで深くすずよに気を入れているのか、まるで見当がつかないと結んだ。

「牛天神の阿吽の狛犬に、おかしらもなにかを感じたのね」

「なにかとは、なんのことだ？」

耳がめずらしく声の調子を尖らせた。蹴出しの言った意味が呑み込めないのだろう。

「これからおかしらの前で聞き込んだことを話せば、分かると思うけど」

蹴出しはこれだけ答えて口を閉じた。

猪牙舟を仕立てて今戸に向かう手筈を、四人は確かめ合っていた。

六

耳が聞き込んだ仔細を、鬼右衛門はなにひとつ口を挟まずに聞き取った。

四人から話を聞くときの、鬼右衛門の流儀である。もしも途中で口を挟んだときは、そこまでだと四人は察した。

話を終えた耳は、膝元に供された茶に口をつけた。今戸に先に着いた蹴出しがいれた焙じ茶である。

鬼右衛門の茶の好みを、蹴出しは知り尽くしていた。茶葉の味以上に、熱さを鬼右衛門は大事にした。

「いつに変わらず、見事な調べだ」

耳を見ながら、鬼右衛門も茶をすすった。嚙むように焙じ茶を味わったあと、湯呑みを茶托に戻した。

熱さが足りなくなっていると、表情が示していた。

蹴出しに向けた目に光が宿されていた。

無言のうなずきで答えた蹴出しは、衣擦れの音も立てずに立ち上がった。ふすまの開け閉めでも音は立たなかった。

どんな女にでも扮する蹴出しである。歯茎を剝き出しにして男を誘う宿場の飯盛り女にも、蹴出しはなり切ることができた。

鬼右衛門を前にしたときの姿が、蹴出しの素《す》なのかもしれない。

隠すより現るの通り、所作の美しさには蹴出しの育ちの良さが滲み出ていた。

「あんたが検分したすずよはどんな様子だったか、聞かせてもらおう」

耳の報告を片付けた鬼右衛門は、小僧に目を向けた。牛天神参詣のすずよを、小僧はつぶさに吟味していた。

「感じたのはふたつです」

小僧は正座の背筋を伸ばして話し始めた。蹴出しの中座は気にしていなかった。すでに仲間内で話し合った中身だったからだ。

「まずは奉公先の安泰を一心に祈願するのだという、すずよの思いです」

社殿前で二度柏手を打ち、一礼して身体を起こしたときの後ろ姿を、小僧は無駄な飾りのない言葉で描写した。

「江戸屋の安泰のためなら、我が身を捧げてもいいとまで願う強い決意ゆえでしょう。背負った笠が小刻みに揺れていました」

あれほどの無私の想いで祈願できるのは、徳を積んだ高僧ぐらいでしょうと、小僧は最上級の褒め言葉ですずよの祈願ぶりを評価した。

鬼右衛門はみじろぎもせず聞き入っていた。

「いまひとつ感じられたのは、おのれに対する責めの強さのようなもの」

小僧が見ていた日にも、参詣を終えたあとですずよは狛犬に触れた。

最初に触れたのは社殿に向かって右側、あの狛犬だった。母犬の真下には、乳をくわえた乳飲み子の狛犬がいた。

撫でたのは五回だった。一回ずつ、手のひらに母の慈しみを込めているかのように、乳飲み子を撫でた。

「終えたすずよはあの狛犬に深い辞儀をして、左に移りました」

うんの狛犬は父親で、背中にこどもがしがみついていた。

「背中の子犬を撫でるときのすずよは、逝った乳飲み子の成仏を願っていたように感じました」

おのれに力がなかったばかりに、乳飲み子は逝くことしかできなかった。

「先に亡き子を悼むのが順番でしょうに」

小僧は、すずよを称えるような口調だった。

「江戸屋の安泰祈願を終えてから、狛犬に触れたというその所作が、すずよがどれほど江戸屋に恩義を感じているかを示しています」

小僧が口を閉じたとき、蹴出しが新しい茶を運んできた。音も立てずにふすまを開いて。

強い湯気の立つ湯呑みに一瞥《いちべつ》をくれたが、鬼右衛門は茶に手は伸ばさなかった。両手を膝に置き、背筋を伸ばして四人を見た。

「わたしはおまえたち四人を得られて、この上もなき僥倖に恵まれた」

だしぬけに礼を言われた四人とも、一様に驚きの表情に変わっていた。

「おまえたちは一言も口にしてはいないが、なぜわたしがここまですずよに執心しているかを、いぶかしんでいるに違いない」

四人を見回した鬼右衛門は、目から光を消していた。

「この場で小僧の評価を聞いたことで、わたしの決意はより堅固なものとなった」

背筋を伸ばしたまま、鬼右衛門は丹田に力を込めた。上体の張りが一段強くなった。

「わたしはこれまで、だれに対しても自分の来し方を話したことはなかった」

四人を等分に見ながら、先へと進めた。

「これを話す気になったのは、おまえたちを限りをつけず信頼しているからだ」

福太郎から鬼右衛門に改名し、今後は悪事も厭わぬと宣言したときも、奉公人は全員が鬼右衛門についてきた。

その八人に対しても、なんらの疑念なく信頼しているが……。

「汚れ仕事をこなし続けてくれたおまえたちへの信頼とは別種のものだ。来し方を話すことは、わたしが裸になるに等しいが、それでもいい」

しっかり断ったうえで、鬼右衛門は静かな口調で話し始めた。

「わたしが七歳だった年の師走に、親仁様は渡世人の手で簀巻きにされた。借りたカネが返せなかったからだ」

口惜しげな口調だったが、留まらずに先へと進めた。

「このさき生かしたところで、回収できる目処《めど》はないと、貸元が断じた結果だった」

この後、鬼右衛門の話は半刻にも及んだ。探りを生業とする四人が驚嘆したほどに、鬼右衛門の記憶は、七歳のこども時分のことまで鮮明だった。

「最初に言った通り、わたしはおまえたちを配下に得られて果報者だと思っている」

四人を見渡した後、二日の間あたためてきた思案を鬼右衛門は切り出した。

「わたしの背後には、水神様がついてくださっている」

鬼右衛門は唐突に言い切った。いずれ劣らぬ手練《てだれ》の四人だが、さすがにわけが分からないのだろう。

戸惑いの色を浮かべて鬼右衛門を見詰めた。

「多市に言われるまでは気づかなかったが、水神様が背後についてくださっているとすれば、幾つも大波を越えてこられたことにも心底、合点がいった」

父は材木の廻漕をしくじり、命まで奪われた。鬼右衛門とて何度も生き死にの瀬戸際まで追い詰められもしてきた。

が、難儀はすべて乗り越えてきたことで、いまが有った。実例の仔細を聞かされて、四人とも鬼右衛門の言い分を受け入れていた。

そんな得心顔の四人に目を向けたあと、鬼右衛門は表情を改めて言葉を続けた。

「水神様のご加護あっての賜だと口では言い及びながら、そのじつは神様に背を向ける所業を繰り返してきた」

ふうっと息を吐き出した鬼右衛門は、四人をひとりずつ見詰めて、あとを続けた。

「おまえたち四人は、他のだれも追随できない抜きんでた技を持っている」

鬼右衛門は再度、各自を順に見た。

「その技を、わたしはおのれの悪行に活かすことだけに腐心してきた。申しわけない」

鬼右衛門は膝に手を載せて詫びた。驚いた四人は、一斉に居住まいを正した。

「今日を限りに、わたしは仕掛けてきたすべての企みを捨てる」

「えっ……」

四人とも驚嘆のあまりに声を詰まらせた。鬼右衛門はひと息をついて、さらに続けた。

「わたしは今日より先、生きている限り水神様のご加護に感謝し、敬いを抱く日々を重ねる。仕事もそうだ」

ひときわ背筋を張って、さらに続けた。

「水神様のお力を賜りながら、世のために役立つ稼業を始めますと、つい今し方、起請文を認めたところだ」

密封された起請文を四人に示して、佳境へと言葉を進めた。

「今後は砂糖の廻漕を始める」

鬼右衛門が言い切ると、四人とも声は漏らさず、見詰める目に力を込めた。

「寛政六年のいま、長崎には去年にもましての量の砂糖が陸揚げされている」

輸出元の清国《しんこく》（中国）は、過ぎる数年のうちに生産能力が飛躍的に向上していた。

バタビア（現ジャカルタ）からのオランダ船も、砂糖積み込み量を増加させていた。

陸揚げされた砂糖の大半は、上方と江戸に廻漕された。

「この砂糖廻漕こそ、われわれが参入し開拓もする、未開の耕作地だ」

聞き入っている四人を見詰めて「われわれ」と言い、鬼右衛門は話を続けた。

「大量の砂糖廻漕には当然ながら弁財船利用が最適だが、それができていない」

なぜだ？　と質すと、耳が手を挙げた。

「玄界灘という、海の難所があるからです」

さすがは情報通の耳である。正解にうなずいたあと、鬼右衛門は話に戻った。

「玄界灘越えを嫌う廻漕問屋も船乗りも、いまもって荷受けを拒んでいる」

ところが砂糖は輸入量・需要ともに、年々増加するばかりだ。いまは仕方なく、小倉までを陸送していた。

が、輸送量には限りがあった。

ひとは陸を。

モノは水（水上）を。

これが徳川幕府の交通政策だ。大量輸送のための街道整備は、いまだ大きく遅れていた。

「水神様のご加護のもと、玄界灘を越える海上輸送に挑むことを決めた」

鬼右衛門は気負わず、しかし強く断言した。

「おまえたちに加えて、堂島屋一党も配下に加わってもらう」

ここに挙げた全員を、すでに砂糖廻漕の配下だと決めている口ぶりだった。

「江戸では薬種問屋が高値で扱っている砂糖だが、長崎なら通い職人でも手が届く」

新造の弁財船で江戸まで廻漕すれば。

「だれでも買える安値でも、桁違いの大儲けができる」

四人とも、前のめりになって聞いていた。

「玄界灘は荒海だが、それを乗り越えてこそ、まことの大勝負だ」

遠い昔に亡父が果たせなかった、荒海相手を承知の大廻漕。それを鬼右衛門は、我が手で成し遂げる決意を固めていた。

血を沸き立たせる大仕事だと、身体の芯で感じ取ったのだろう。

首領が口を閉じたあとでも四人とも、炎《ほむら》立つ目で鬼右衛門を見詰めていた。

「茶をいれ直します」

立ち上がった蹴出しが戻ってくるまで、座には沈黙が重たく横たわっていた。

全員に熱い茶が行き渡ったあと、最初に口を開いたのは耳だった。

「このたびの江戸屋への仕掛けを、おかしらは反故にするのですか？」

声の調子から、耳は鬼右衛門の話した方向に得心していないのが察せられた。

「わたしも耳と同じ疑問を抱いています」

役者は肚を据えた物言いで言い分を続けた。

「おかしらはこのたびもまた、大金を投じてことの準備を進めておいでです」

鬼右衛門はうなずきもせず、黙して聞き入っていた。

「煮え湯を飲まされた喜八郎に対する仕返しには、費えに限りをつけないと宣しておいでででした」

我々四人もおかしらのために、身体を張って立ち向かってきたと、役者は続けた。

「おふくろさんを思い出したことでおかしらの心が大きく揺れたのは、よくわかりました」

あれほど凄まじいことを経てきたら当然ですと、鬼右衛門に理解を示した。しかしその後は口調がきつくなった。

「三日後の宴席に出張るために、二十人以上の者が、いまでも支度を続けています」

役者は高名な道具屋の名まで挙げた。

「ここまできて模様替えだと言われたら、二階に上げられて梯子を外されたも同然です」

わたしは得心がいきませんと、真正面から鬼右衛門に逆らった。耳はそこまで強い物言いではなかったが、役者に同調していた。

「おまえはどうだ？」

鬼右衛門は小僧に問いかけた。

「江戸屋家宝の三品をわれわれが狙っていると、喜八郎が断じた……米屋の手代の話を聞いたとき、それを信じ込んでいましたが」

模様替えと聞かされたいまは、あたしも拍子抜けしましたと小僧は続けた。

「ふうっと肩の力が抜けると、手代の話は撒き餌《まえ》じゃないかという気がしています」

あまりに都合がよすぎると、小僧は疑っている様子だった。

「あたしは模様替えに賛成です」

きっぱりと言い切ったのは蹴出しである。

「お話を聞かされたいまでは、意趣返しに大金を遣うのは無駄だと思っています」

真っ先に小僧がうなずいた。耳も役者も思いは同じだったのだろう。蹴出しが口にしたことに同意のうなずきを示した。

「おかしらが考えている模様替えの仔細を、この場で聞かせてもらえますか」

役者と耳が声を揃えるようにして問うた。

「もとより、その気だ」

膝元に供された茶に口をつけたあと、鬼右衛門は検校相手に談判をした時のような気迫をもって、砂糖廻漕の話をすすめた。

なにひとつ紙に記したものは提示せず、口頭だけで話した。

四人とも図抜けて呑み込みのいい者揃いだ。聞き終えたあとは模様替えには反対の急先鋒だった役者が、感服顔で肝の部分をなぞり返した。

「おかしらは檜商いのすべてを、番頭と手代の八人に譲り、一切の口を挟まないのですね？」

鬼右衛門は小さくうなずいた。

「江戸の景気は次第に回復すると見ている。波を摑んで身代を大きくするのも、乗り損ねて畳むのも、すべては八人の才覚次第だ。わたしは妻籠屋から遠く離れて、真にやりたいことを興す」

感服した四人を代表する形で、最年長の小僧が思いを明かし始めた。

「これだけの身代を……譲り渡すというご覚悟になら、ついて行けます」

四人全員が同じ気持ちだとわかったところで、鬼右衛門は新たな指図を発した。

「宴席までに、できる限り詳しくて誤りのない話を聞き込んでくれ」

「世の役に立ちつつ大金を稼げるとは、今日まで考えたこともありませんでした」

役者は剃りあげた禿頭に手をあてて、正味の想いを漏らした。そのあと、すぐに顔つきを引き締めた。

「宴席までに間に合わせます」

四人は湯呑みを手にして部屋を出た。蹴出しの負担にならぬようにとの、仲間内の気遣いだった。

ひとりになった鬼右衛門は、まだわずかに温もりの残っている茶を味わいつつ、喜八郎といかに対峙するかを考えていた。

七

三月二十一日は江戸屋で開かれる檜問屋組合の宴会当日である。すずよの願掛け満願日でもあった。

いつも通りの身なりで水道橋で下船したすずよは、牛天神目指して歩き始めた。同じ乗合船に乗っていた水売りの彦六が、すずよを追い始めた。

彦六から水を買うのは高橋周辺の客である。すずよは彦六の顔を知らない。五間（約九メートル）の間合いを保って追っていた。

他人に付けられているなど、考えもしていない歩き方である。

牛天神までは太い一本道で、急に辻を曲がる気遣いはない。

天秤棒の前後に水桶を提げて、高橋を行きつ戻りつする彦六である。水桶なしで歩くいまは、すこぶる身のこなしが軽かった。

五間を保ちつつ、彦六は何度も不意に足を止めた。身体に大きな伸びをくれながら、後ろを振り返った。

すずよを追う自分を付けている者がいないか、それを確かめるためだ。

牛天神まで残り半里(約二キロ)に迫った辻でも、追ってくる者はいなかった。それでも気を抜かずに歩いたのは、昨夜喜八郎から受けた指図を肝に銘じていたからだ。

*

三月二十日夜五ツにもぐら穴から出てきたのは、俊造と彦六のふたりだった。

迎えたのは喜八郎と嘉介である。大人数が集まるものと思っていた与一朗は、蔵の外で湯を沸かして備えていた。

「茶はいらねえ。おかしらが呼んでいなさる」

彦六に呼び込まれた与一朗は、急ぎ七輪の火を始末して蔵に入った。

「辰平たち三人は、いまも鬼右衛門の手下《てか》に張り付いておりやす」

「ご苦労さん」

嘉介のねぎらいを受けた俊造は、腹掛けのどんぶり（ポケット）から帳面を取り出した。仲間の四人から聞き取った仔細を、覚え違いせぬために書き留めていた。

「願掛け二日目は手下の四人が方々に散って、すずよさんの来し方を聞き込んでやした」

なかのひとりは千住にまで出向いて、細かに聞き込みをしていたのだが……。

「その後は向こうの四人とも、すずよさんには何のかかわりもねえはずの、九州と結ぶ廻漕問屋やら麹町の薬種問屋に出向いていたそうでさ」

女の手下は……俊造は膝を前にずらした。

「室町の鈴木越後と塩瀬の手代を呼び出して、どっちとも長々と話し込んでいたてえんでさ」

女をつけていたのは、魚河岸に出入りしている平吉である。あいにく室町の菓子屋に伝手がないため、女がなにを聞き込んでいたかは分からず仕舞いだった。

しばしの間、喜八郎は窪んだ目を閉じて思案を続けた。が、四人の動きに察するところまでは行き着かなかった。

その代わり、開いた目を彦六に向けた。

「向こうの新たな動きを考えると、すずよさんでも、道具三品でもなく、狙いを別に移したような気もしますが……」

年長者の彦六には常に、喜八郎はていねいな物言いをしていた。

「だれもが出払っていて、すずよさんのあとを追ってもらえるのは彦六さんだけです」

危害を加える恐れは薄いが、気は抜けない。

「よろしくあと追いをお願いします」

俊造と与一朗が聞いている前で、喜八郎は頼みを口にした。

「ただしすずよさんの身に危害が及びそうな成り行きとなったときは、手荒な応じ方はせず、相手の言いなりとなってください」

彦六の腕を見込んでの名指しだったが、すずよの身の安全を第一に考えよと戒めもした。

「これを彦六さんに預けます」

喜八郎が差し出したのは、奉行所の捕り方が使う呼子だった。

「万にひとつ、手に負えない事態が生じたときは、息の続く限りこれを吹いてください」

音は二町四方にまで届く特製である。

「近在の自身番小屋から助けが駆けつける手筈です」

秋山の手配りで、水道橋から牛天神までの道筋各町に触れが回されていた。

「もしものときには面子がどうのとは言わず、思いっきり吹かせてもらいやす」

喜八郎の手配りに感謝しつつ、彦六は確かな口調で請け合った。

彦六たちが帰るなり、小島屋善三郎との面談をと、与一朗に言いつけた。

「ことによると……」

嘉介に考えを聞かせ始めた喜八郎は、いつも以上に目が窪んで見えた。

「わたしは……大きな思い違いをしているかもしれない」

俊造たちが尾行した鬼右衛門配下の動きは、道具三品ともすずよとも無縁に思えたのだ。

「小島屋さんから、昔の話を詳しく聞かせてもらおう」

刻はすでに五ツ半（午後九時）に近かった。が、ことは急を要した。

嘉介を相手に思案を重ねていたところに、与一朗が急ぎ戻ってきた。

「いつでもお待ちいたしております、とのことです」

「雑作をかけた」

与一朗の案内で、喜八郎は小島屋の勝手口から入った。善三郎は茶室で釜に湯を沸かして待っていた。

一服の手前で、喜八郎も気を落ち着けて向き合うことができた。

およそ半刻（一時間）近くもかけて、善三郎は福太郎とのかかわりを聞かせた。ひとを使って調べ上げた尾鷲屋時代のことも、要領よく、知っている限りを話した。

話し終えた善三郎は束の間だったが、喜八郎がこれまで見たことのなかった、柔和な表情を垣間見せた。

そんな善三郎には気づかなかったという顔で、喜八郎は黙していた。善三郎の気がすむまで、かつての福ちゃんの回想に浸ればいいと考えていたからだ。

まさに善三郎は、こども時分を思い返していた。深川を去ることになったあの日まで、福ちゃんは男だった。

別れの日、どれほどの哀しみと難儀が、福ちゃんの胸に押し寄せていたことか。まだこどもだった福ちゃんには、抱えきれない重たいものだったに違いない。

ところが福ちゃんは顔をしかめもせず、普通の顔と声で善三郎に接した。

そして別れ際、ひとことを口にした。

「じゃあ、またな」と。

二度とないかもしれない「またな」だと、福ちゃんには分かっていただろう。

善三郎は福ちゃんが抱え持った重荷に気づかず、またなを真に受けた。

さまざま仕掛けてくる鬼右衛門は、福ちゃんだと分かっていた。が、甘さ厳禁の質屋当主でありながら、いまも鬼右衛門ではなく、福ちゃんを思っていた。

喜八郎に仔細を話す途中で、つい気がゆるんだ。この男になら、自分の正味をさらけ出してもいいと、質屋当主の本能が教えたのだ。

話し終えたいま。

喜八郎に託せば、鬼右衛門とも男同士で渡り合えると、心底、信じていた。

思い返しを終えて目を向けると、喜八郎は慈しみを宿した目で善三郎を見ていた。

「大いに助かりました」

小島屋を出たとき、永代寺が四ツ（午後十時）を撞き始めた。町木戸が閉じられる刻限である。

深夜の外出に備えて、秋山から木戸御免の鑑札を渡されていた。黒船橋南詰には、四ツ以降でも応じる船宿がある。喜八郎も顔なじみの猪牙舟宿だ。

「八丁堀までお願いしたい」

喜八郎が向かったのは秋山の組屋敷だった。

善三郎から聞かされた鬼右衛門の来し方を、一言も省かずに喜八郎は話した。

「おまえの考えた通り、もはや鬼右衛門は江戸屋に仇を為すつもりはなさそうだ」

さりとて明日の宴席を取り止めにするつもりもないとの判断も、ふたりは一致していた。

「いずれにしても、鬼右衛門はおまえとの決着をつけに蓬萊橋にやってくるのは必定だ」

火除け地の市場で、鬼右衛門は大損を被っていた。市場しくじりの絵図を描いたのは喜八郎だと、鬼右衛門は摑んでいる。

「あの男の気性なら、宴席に臨む前におまえとの決着をつけに行く」

秋山は断じた。喜八郎もうなずいた。

「蓬萊橋で待つことにします」

善三郎の話にも出てきた、鬼右衛門には懐かしい場所だ。そしていまは喜八郎の損料屋が店を構えているのだ。

深川に帰る喜八郎を、秋山は桟橋まで見送りに出た。空を星が埋め尽くしていた。

「明日は晴れるぞ」

小声のつぶやきで、秋山は見送った。

八

牛天神が近づくにつれて、参詣客がぐんぐん増え始めた。女坂まで二町の辺りからは、五間幅の参道両側には、まだ五ツ半（午前九時）過ぎだというのに、物売り屋台がぎっしり並んでいた。

先を歩くすずよを見失わぬように、彦六は間合いを詰めた。

「初めて来ましたが、評判通りの大した人波ですなあ」

彦六の脇を歩く隠居風の男が、同年配の連れに話しかけた。

「戊申《ぼしん》参りの日は、いつもこんなものだ」

連れの答えを聞いて、彦六も得心顔になった。三月二十一日はつちのえ・さるの戊申の日だったのだ。

この日は「牛天神のぼしん参り」として、江戸中から参詣客が押し寄せていた。

深川のことならなんでも通じている彦六だが、小石川は他国のようなものだ。ぼしん参りは聞いた覚えがあったが、今日がその日だとは考えてもいなかった。

喜八郎もすずよも知らなかったに違いない。

人混みを分けるようにして歩き、すずよとの間に三人を挟む間合いまで詰めた。この人混みでは真後ろに立ったとしても、すずよに不審に思われる恐れはなかった。

参詣客が膨大なぼしん参りの日に限り、行きと帰りの参道が分けられていた。牛天神に向かうには男坂の石段と決まっていた。

登り切ったあとのすずよは長い列に従い、社殿に向かった。一度に賽銭箱前に並べるのは八人である。彦六はすずよと同じ列に加わり、右端に立って賽銭を投げた。

満願日が戊申と重なったのは、すずよには悔やまれたに違いない。存分な祈りもできず、心残りの想いを宿した顔で、社殿を離れた。

ゆるい女坂が帰り道である。

すずよとの狭い間合いを保ったまま、彦六も女坂を下った。通りに出たあとは道幅が五間もあり、ひとの流れもゆるやかになった。

彦六は間に参詣客を何人も挟み、来たときと同じ間合いに戻した。背中に垂らした菅笠が、すずよの格好の目印である。見失う気遣いはまったくなかった。

道が神田川に近づいたのは、広大な水戸藩上屋敷を過ぎたあたりからである。

上屋敷を取り囲む高い長屋塀を行き過ぎると、川を渡ってくる涼風を頬に感じ始めた。

神田川沿いのこの道を、水道橋の船着き場まで戻るのだ。

川沿いには船宿が立ち並んでいる。いずれも屋形船を持つ大店ばかりだ。屋形船は夜の商いである。四ツ（午前十時）過ぎでは、どの船宿も半分眠っていた。

五間先を歩くすずよが、一番の大店である佳し川前に差し掛かったとき。

佳し川から一軒手前の船宿ゑがわ《よかわ》から男が飛び出してきた。彦六の前に立ち塞がったのは見知らぬ男だった。

男は小太りで、背丈は彦六より三寸高い。目の前に立たれた彦六には、先を行くすずよが見えなくなった。

「おれの前に立つんじゃねえ」

邪険な物言いをして男を脇に押しのけた。そのわずかな隙に、すずよの姿が消えた。

「なんてえ言い草を……」

口を尖らせた男には取り合わず、すずよを追って佳し川に駆けた。

船宿佳し川では、下足番が玄関の両側に盛り塩をしていた。しゃがんだ後ろ姿だけでも、大男だと察せられた。

「済まねえが下足番さん」

彦六は差し迫った声で問いかけた。

「旅姿の姐《あね》さんは、どこにへえって行きやしたんで？」

問いかけても、下足番は彦六に振り返ろうともしなかった。

つい声を荒らげたら、下足番が立ち上がった。身の丈が六尺近い大男で色黒、げじげじ眉で唇は分厚かった。

「盛り塩をしている背中になんか言われるのは、縁起でもねえ。返事はできねえ」

男の言い分はもっともである。彦六は無作法を詫びて、もう一度問いかけた。

「旅姿の姐さんが、たったいまおたくにへえったはずだが、どこへ行きやしたんで？」

「とっつぁんの思い違いだろう」

下足番は分厚い唇を動かして答えた。

「盛り塩をしているおれの脇を通った者なんざ、ひとりもいねえ」

だらりと垂らした腕には、手首にまでびっしりと毛が生えていた。

得心できないという顔で下足番を睨み付けていたら、店の内から男三人が出てきた。揃いの半纏を羽織った船頭たちだった。

見るからに腕っ節の強そうな男たちだ。

「どうかしたのか、クマ」

船頭のひとりが下足番に質した。

「このとっつぁんが、妙なことを言ってたとこでさ」

下足番と三人の船頭の尖った目が、彦六の両目に突き刺さった。その目を見て、彦六はきびすを返して駆けだした。不意に思い当たったことがあったからだ。

「聞こえねえのか！」

佳し川の敷地を過ぎたところで、神田川に目を走らせた。察した通りだった。一杯の大型屋形船が、お茶の水渓谷の方角に走っているのが見えた。屋形船が神田川を下るには、早すぎる刻限である。

すずよはあの船に、押し込められているに違いない！

そう判じたが、追いかける手立てがなかった。彦六は川縁を走り、船より先に出て屋形船の船名を確かめようとした。

天道からは春の陽が、川面と船に降り注いでいる。舳先に太文字で描かれた船名は、はっきり読み取れた。

水道橋佳し川　弁慶丸

しっかりとあたまに刻みつけた彦六は、お茶の水渓谷の船着き場目指して駆けた。急な登り坂だが、息継ぎをも惜しんで走り続けた。

坂の途中で、煙草を吹かしている辻駕籠に出食わした。

「休んでるさなかに済まねえが、和泉橋までかっ飛んでくんねえ」

息が上がっていたが、彦六は一気にこれを告げた。煙草を吸っていた前棒は、切羽詰まった物言いをいぶかしんだのか、彦六の背後に回った。

樫の木太刀が帯に差してあるのが見て取れた。身体つきは引き締まっているが、白髪混じりだ。

「わけありの出入りか、とっつぁん」

事情次第では助太刀するぞと、前棒の物言いが告げていた。

「和泉橋で客待ちしている、猪牙舟を誂えてえんだ」

上がった息遣いのまま、問いに答えた。

「わかった」

前棒はキセルを仕舞うと、垂れをめくった。

「かっ飛ぶからよう。しっかり手拭いを摑んでいてくんねえ」

駕籠の骨から、真《ま》っ新《さら》の手拭いがぶら下がっていた。客が身体を支えるための吊り紐だ。手拭いの新しさが、客を大事にする心意気のよさを表していた。

わらじを履いたまま、彦六は駕籠に収まった。乗り方を見た駕籠舁きは、客が乗り慣れていると判じたようだ。

垂れを下ろし、前棒が先に肩を入れた。

息杖が突き立てられて、お茶の水のきつい坂を一気に登り始めた。

揺れに調子を合わせながら、彦六はここまでを振り返った。

牛天神への往路では、いささかも異変を察することはなかった。が、それは誤りだったと、おのれを責めた。

鬼右衛門一味は、最初から復路の佳し川ですずよを拐《かどわ》かす段取りだったのだ。すずよを追っている彦六を、敵はしっかり見極めていた。

男がいきなり前に立ったのも、大男の下足番が盛り塩をしていたのも、すべては敵の計略だった。

いまできることは、屋形船を猪牙舟で追うことだと決めていた。

和泉橋で猪牙舟を仕立てたあとは、弁慶丸を追えばいい。きつい坂の上下はあるが、神田川をのんびり走っていた弁慶丸よりは、駕籠のほうが早く和泉橋に行き着ける。

もう一杯猪牙舟を仕立てて、船頭の口で異変を蓬萊橋に伝えてもらおうとも決めた。

が、途中で考えを変えた。

この駕籠舁きたちは信頼できると、走りっぷりから判断できた。

事情を駕籠舁きに話せば、蓬萊橋に間違いのないことを伝えてもらえるだろう。

大きなしくじりをおかしたが、いまはそれを取り戻すことだけを考えていた。

佳し川の前で呼子を吹かなかったのは正しい判断だったと、いまも思っていた。

あそこで大騒ぎを起こしたところで、弁慶丸を止めることはできなかった。

すずよが船に乗せられたと判じたのは正しかった……。

思い返しに得心した彦六は、和泉橋で駕籠舁きに話す中身をまとめにかかった。

坂は下り坂となっていた。船着き場は近いぞと、彦六は下腹に力を込めて手拭いを握り直した。

鬼右衛門の指図で弁慶丸は、下げ潮の川の流れに船足を委ねていた。ひとの歩みと同じ速さである。

船が揺れず、乗っている者が一番落ち着ける速さであるのを鬼右衛門はわきまえていた。

九

とはいえすずよはこわばった表情で、身体は墓石の如くに硬くしていた。

それでも気丈な江戸屋の仲居頭だ。

向かい側に座した鬼右衛門から目を逸らさず、怒りに燃え立った目で見詰めていた。

神田川を下る弁慶丸は、すべての障子戸を閉じている。川面で弾き返された陽光は、美濃紙を突き透して柔らかな明かりで屋形船の座敷を照らしていた。

「あんたを無理矢理に拐かしたが、手荒なことをするためではない」

三寸の厚みがある極上の座布団が出されていたが、すずよは使っていない。話し始めた鬼右衛門を、背筋を伸ばして見詰めた。

船の座敷にいても、背中に垂らした菅笠もそのままだった。

「この船はのろい船足だが、向かっているのは江戸屋さんの桟橋だ」

一刻半（三時間）かけて仲町の堀に向かうのだと明かした。

「どれほど遅くとも八ツ（午後二時）前には江戸屋に帰り着ける段取りだ」

今夜の宴席支度の差配には遅れないようにすると、鬼右衛門は約束した。

「あんたには迷惑だろうが、仲町までの船旅のなかで、わたしが知りたいと思っていることを聞かせてもらいたい」

鬼右衛門は手元の鈴を振った。七宝焼の鈴は、今戸の妻籠屋から持参していた。

鈴の音に合わせて艫の障子戸が開いた。佳し川の仲居が、茶菓を運んできた。すずよよりは五つ、六つ年長に見えた。

「佳し川で仲居頭を務めていますまさのと申します」

茶菓の載った朱塗りの丸盆を、すずよの膝元に供した。

「どうぞ、お座布をお使いくださいまし」

気持ちを込めた笑みですずよを見た。

丸顔で、相手をつりこむような笑みだった。

「あなたさまは江戸屋さんの仲居頭をお務めのすずよさんだとうかがっております」

こんな形ですが、おあいできてとても嬉しいです……正味の物言いを残して、まさのは下がった。

供された朱塗りの菓子皿に目を落としたすずよは、思わず瞳を大きくした。

辰巳八景もなかが皿に載っていたからだ。

仲町やぐら下の菓子屋岡満津の菓子で、昨年春に江戸屋が茶請けに決めた品だった。

餡と皮の両方を気に入り、すずよが強く推した菓子でもあった。

「ひと口だけでもつけてもらいながら、わたしの話を聞いてもらえれば幸いだ」

鬼右衛門が先にもなかに口をつけた。わざわざ水道橋から仲町まで出向き、買い求めてきた菓子である。

たとえ敵《かたき》の宿でも、供された茶の一杯には口をつけよ、と言われている。さりとて拐かしに遭ったも同然のすずよは、茶をすする気にはなれなかった。

それでいながら膝元の湯呑みに目を落としたのは、もなかを口にしたあとの鬼右衛門が、いかにも美味そうに茶をすすったからだ。

供されていたのは焙じ茶だった。透き通った茶色を見ているすずよの目が、さらに大きく見開かれた。

湯呑みの真ん中で茶柱が立っていた。

すずよのために、まさのはわざわざ茶柱を加えたのだ。そしてキリッと立たせた。

縁起のよい焙じ茶である。口をつけぬわけにはいかなかった。湯呑みを両手で持ち、味わうようにしてひと口をつけた。

すずよの所作を見極めてから、鬼右衛門は話を始めた。

「わたしはみずから鬼右衛門を名乗っているが、親から授かったまことの名は福太郎だ」

すずよの目を見詰めたまま、鬼右衛門はおのれの来し方をゆっくりとした口調で語り始めた。

「かれこれ二十年近くも昔のことだが、わたしは三十四で祝言を挙げた」

呉服屋の娘で十歳年下のさよ乃を娶ったのは、安永六年。さよ乃は二十四だった。

「気が強く、諍いが生じたあとは自分から矛を収めることもない女だった」

鬼右衛門はここで吐息を漏らした。

「子は授からなくてもいい、欲しければ外でどうぞとうそぶいていたが……」

言葉を区切った相手を、すずよはしっかりと見詰めてあとを待った。

「あれが果たしてさよ乃の本心だったのか否かは、いまとなってはわからない」

夫婦の間の機微は、当人同士でもうかがい知れないと結んだ。

すずよが同意の色を目に浮かべたのを、鬼右衛門は見逃さなかった。

これがきっかけとなり、すずよは嫌悪を捨てた真っ直ぐな目で鬼右衛門を見詰め始めた。

「わたしが興した杉問屋の尾鷲屋の商いは、江戸の好景気を背にして毎年のように大きく伸びた。さよ乃の勝負勘の強さも大いに役立ってくれた」

安永から天明にかけては、田沼意次の権勢が絶頂期にあった。田沼屋敷には毎日のように、旗本用人と大店番頭とが押しかけた。

いずれも田沼の有する利権のおこぼれが目当ての訪問である。まいない景気に沸き返っており、屋敷の新築・増改築がひっきりなしに続いていた。

「当時、一番の上客が蔵前の札差衆だったのは、尾鷲屋に限ったことではない。両国や向島の料亭も、連日の派手な宴席で有卦《うけ》に入っていたはずだ」

聞きながらも、すずよはうなずくことはなかった。江戸屋の上客は違っていたからだ。札差衆が遊ぶのは鬼右衛門が口にした通り、両国・向島、そして浜町河岸の料亭と船宿が主だった。

まれには幇間を供に連れて、札差が江戸屋で遊ぶこともあった。が、その傍若無人な振舞いを、秀弥は了とはしなかった。

秀弥は一度、目に余った札差を諌めたことがあった。以後その札差は江戸屋に顔を出すことはなかった。

「寛政元年九月十六日で、江戸は天地がひっくり返る大騒動となった」

札差が武家に貸し付けていた百十八万両強の大金に対して、棒引きを命ずる棄捐令を老中松平定信が発布したからだ。

「あの日を境に、江戸の景気は一気に冷え込んだ。尾鷲屋の材木も、ぱたりと音を立てて売れなくなった」

鬼右衛門は湯呑みに手を伸ばした。音も立てずにすする所作を、すずよは見詰めていた。

「棄捐令翌年の寛政二年に、さよ乃は大川に入水して、みずから命を絶った」

鬼右衛門は気負いもせずに、これを口にした。聞かされたすずよも表情は変えなかった。

が、背中に垂らした菅笠が揺れていた。

しばし口を閉じた鬼右衛門は、変わらぬ表情を保っているすずよを見詰めた。

すずよは鬼右衛門から目を逸らさなかった。

いま一度茶をすすってから、鬼右衛門は話に戻った。

「不幸なことに、わたしはさよ乃の死を正味で悼むことができなかった」

その代わりに、鬼右衛門への改名を奉公人たちに告げた。

「さよ乃の実家は検校貸しに手を出したことで、潰れの目に遭った。わたしはその検校と手を組んで、檜問屋の妻籠屋としてあこぎな渡世を始めた。すべて思い通りに進んでいたのに、この度の堂島屋を使って仕掛けた安売りに、仲町の住人だけはなぜか一切なびかず仕舞いだった」

それが業腹で、この町への意趣返しを企てたのだと、鬼右衛門は手の内を明かした。

すずよの身を案ずる慈父のような眼ざしになっていた。

すずよも思わずあの年の話をはじめた。

「江戸屋の仲居頭としての心得を抱くようにと、女将に告げられた年です」

言ってから、すずよは自分に驚いたという顔つきを見せた。

なぜこんなことを鬼右衛門に明かしたのか、自分でもわけが分からなかったからだ。

向かってくる船を避けようとしたのか、屋形船が大きく揺れた。

鬼右衛門に言い付けられたまさのは、新しい茶を運んできた。室町の土橋屋謹製の昆布茶である。

今日の牛天神は戊申参りで大変な人混みだった。急ぎ足だったわけではなかったが、すずよは汗をかいていた。

昆布茶の塩味が、喉を滑り落ちた。

「あの年は、江戸の景気が一段とわるくなっていたはずだ」

鬼右衛門の言い分に、すずよは小さくうなずいた。鬼右衛門の話を、聞く気になっていたのだろう。

「よりにもよってそんな年に、江戸屋はあんたに仲居頭の心得を言い付けたのか？」

「はい」

「ならば江戸屋は……」

鬼右衛門は、さらに突っ込んだ問いを口にし始めた。

「江戸中が悲鳴をあげていた、あのさなかに、所帯を小さくするとか、奉公人に暇を出すとかは、一切しなかったのか」

「江戸屋に限ったことではありません」

鬼右衛門に目を合わせ、はっきりと答えた。

「木場や深川の材木問屋も米問屋も、どこも商いを細くしたり所帯を畳んだりはしませんでした」

すずよは両手を膝に置き、鬼右衛門を見る目の光を強くした。

「今年の節分では、妻籠屋さんも身に染みておわかりになったのではありませんか？」

すずよは静かな口調でこれを切りだした。

「よく分かっている」

鬼右衛門はすずよの目を受け止めて答えた。傀儡《かいらい》に使った堂島屋ではなく、自分が黒幕だったことを認めていた。

「わたしはひとの裏表の変わりようを山ほど見てきた」

深い吐息をひとつ漏らしてから、鬼右衛門は先を続けた。

「いかほどきれい事を口にしていても、ひとたびカネを目の前にすれば素の顔がでる」

どんな相手であろうが、カネでケリがついた。ことの成否はこころざしの高低ではなく、提示する金高の大小だった。

「ただひとつの誤算となったのが、深川での安売り仕掛けと、それに続けた節分の豆まきだった」

膝元の湯呑みに手を伸ばしたときの鬼右衛門は、胃ノ腑から苦さが込み上げてきたという顔つきだった。

「自分たちの地元を大事にする……こんな当たり前のことを、江戸中でたった一カ所だけ守り通したのが、あんた方が暮らしている深川だった」

昆布茶をすすったあと膝元に湯呑みを戻し、問いかけるような目をすずよに向けた。

「いま一度問うが」

鬼右衛門はわずかに丸くなっていた背筋をビシッと張って言葉を続けた。

「どうして江戸屋は、あの不景気の真っ只中で、あんたに仲居頭の心得を持てと言い付けたんだ？」

「あの年になっても連日、お客様が途絶えることがなかったからです」

すずよは気負いのない口調で答えた。

「江戸中でバタバタと音を立てて老舗が倒れていたあのさなかに、客が増えていたというのか？」

「増えてはいませんでしたが、途絶えることもありませんでした」

すずよの答えを、鬼右衛門は得心がいかない顔で受け止めた。

「どこにそんなカネがあったんだ」

料亭に遣うカネがあったとは信じられないと、語気を強めた。

「蔵前の札差ですら青息吐息だったのになぜ深川だけが持ち堪えられたのか、わけを聞かせてもらいたい」

鬼右衛門は音を立てて昆布茶をすすり、飲み干した。すずよが軽く手を叩くと、まさのが障子戸を開いた。

「妻籠屋さんに、茶のお代わりを願います」

すずよの物言いが、指図を与える仲居頭のものになっていた。

「かしこまりました」

まさのが新たな茶を運んでくるまで、すずよは鬼右衛門に目を合わせたままでいた。

その目からはしかし、尖った光は失せていた。

まさのは湯気の立っている焙じ茶を運んできた。鬼右衛門の好みに合わせたのだ。

分厚くて大きな湯呑みに、熱い茶がたっぷり注がれている。ひと口すすった鬼右衛門が膝元に戻したあとで、すずよは続きを始めた。

「深川では富岡八幡宮が鎮守様です。棄捐令が発布された寛政元年の師走早々に、宮司の呼びかけで江戸屋での寄合が持たれました」

すずよは口を湿すこともせず、先を続けた。

＊

寛政元年十二月三日。呼びかけには仲町の両替商近江屋を筆頭に、表参道で商いを営む老舗大店二十二軒、米問屋二軒、木場の材木商十二軒が顔を揃えた。

町内鳶《とび》のかしら、船宿五軒のあるじ、横持ち屋四軒、冬木町の銘木商六軒、大和町の

いた。

遊郭女将衆五人も寄合に加わった。

損料屋当主喜八郎も、末席に座していた。喜八郎の隣には小島屋のあるじが座っていた。

江戸屋一階の大広間が、あの日は深川の重鎮たちで埋め尽くされていた。

「棄捐令の今後について、北町奉行所与力、秋山久蔵様から見通しをお聞かせいただける」

宮司は秋山に座を譲り、脇に下がった。

「年が明けたあとも、さらに三〜四年は江戸の景気はわるくなる一方だと覚悟されたい」

秋山は固い声でこれを告げた。大広間を埋めた八十人超の面々は、息を吐き出す音も控え目にして耳を澄ませた。

「御公儀もさまざま景気上向きの手立ては講ずるだろうが、ひとたびきつく絞られた巾着の口は、滅多なことではゆるまない」

ひとがカネを遣わなければ、景気はさらに冷え込むのは必定であると、秋山は断じた。

息を詰めて聞き入っている面々が、あちこちで咳払いをした。それが収まったあとで、秋山は声の調子を張った。

「富岡八幡宮氏子各位には、江戸の景気を下支えする役割を果たしてもらいたい」

言い終えた秋山は宮司と近江屋頭取番頭に目配せをし、その場に一人立ち上がった。

「富岡八幡宮は二十四万二千両の蓄えがある。近江屋は五十四万両超の手元資金をいまだ有しておる」

これらのカネは江戸が生き長らえられればこそ、カネの役割を果たすことができる。

江戸が潰れたら御公儀も潰れる。

「無駄を倹約するのは大事だが、暮らしに入り用なカネまで遣うのを惜しめば、結局は自分の首を絞めることになる」

秋山は座の一同を見回した。

「近江屋も富岡八幡宮も、蓄えを遣うことを何ら惜しむものではないと、わしに確約した」

強い口調で言い切り、秋山はさらに続けた。

「神輿連合渡御で知られた富岡八幡宮が、いままで通りに本祭を祝えば、江戸の他の町々も威勢を取り戻すやもしれぬ」

この先数年、景気の激しい落ち込みは続く。それを承知で、ぜひにも互いに力を出し合い、苦境を乗り越えてもらいたい。

「御公儀の手助けは、当面はあてにはならぬ。青息吐息となった札差の金遣いなど、一両もあてにはできぬだろう」

すでに両国橋西詰め、向島、浜町河岸、柳橋などの料亭や商家、色里吉原の大見世などども金詰まりの荒波をかぶり始めている。

「幸いにも深川は札差をあてにせずに商いを伸ばしてきた土地のはずだ。荒波をかぶるのは同じでも、札差頼りだったよその町々とは異なるだろう」

秋山は材木商たちに目を向けた。

「再来年になれば御公儀は多数の作事を行い、杉も檜も買い上げるのは間違いない」

御城内部の増改築普請も、老中方は新年早々には検討を始めると聞いている……。

秋山が言い及ぶと、方々から期待を込めた吐息が漏れた。

「深川商人の蓄えを合算すれば、優に百万両を超えるはずだ」

秋山は大広間を見渡した。

「棄捐令で帳消しにされた百十八万両なにがしも、恐れるには足りぬ」

江戸の息の根を止めぬためにも、ぜひともこの場に参集した各位が、金遣いを惜しまずに商いを続けてもらいたい……。

言い終えた秋山は、みずから身体を二つに折った。両脇に立った宮司と近江屋頭取番頭も、慌ててあたまを下げた。

「どうか、こうべをお上げください」

急ぎ立ち上がったのは材木商最大手の、木柾《もくまさ》当主仁左衛門《にざえもん》だった。

「秋山様にこうべを下げさせるなど、深川の恥でございます」

仁左衛門が言葉を続けている間に、座の全員が立ち上がっていた。

「秋山様が口にされましたこと、しっかりとてまえの胸に刻みつけましてございます」

仁左衛門が言ったことへの賛同を、全員がしっかりとうなずきで示した。

「御上にも、他町からの手助けにも頼らず、深川は自分たちの力で町を守り立てます」

仁左衛門は宮司に目を移した。

「富岡八幡宮のご加護もありますので……」

一同の思いを仁左衛門が代弁した。

宮司も近江屋頭取番頭も、深くうなずいた。

＊

「棄捐令以前に比べれば、江戸屋の商いは二割方、細くなりました」

深川全体が、そんな調子だった。が、潰れは大店から小商人まで、一軒も出なかった。

「土地に暮らすだれもが、いままで通りのお金遣いを続けたからです」

他町に出張って働いていた職人の多くが、仕事先を失った。

「町のだれもが融通しあって、仕事と給金を工面してきました。そのことは、いまも続いています」

江戸屋でも、月に一度の割合で修繕の発注を重ねた。什器類の新規発注も続いていたし、庭仕事も従来通りの人数に頼んでいた。

「蓬莱橋の損料屋さんは……」

「喜八郎という男の損料屋のことか？」

すずよはうなずいただけで、先を続けた。

「損料を棄捐令以前の半額にして、貸し出してくださいました」

ただ値下げをしただけではなかった。

貸し出す品々を新調して、深川の商店から仕入れた。道具類も深川の職人に発注して、仕事を作った。

「だれかひとりが踏ん張ったわけではありません。深川ぐるみで助け合ったのです」

長屋が何棟も新築された。新しく建てないまでも、修繕仕事は深川中で生まれていた。

「堂島屋さんが安売りを仕掛けてきたとき、深川の住人は再びひとつになったのです」

すずよは静かな口調で話を閉じた。

聞き終えた鬼右衛門は、深い息を吐き出した。黙ったまま湯呑みに手を伸ばした。

すずよの長い話を聞いていた間、鬼右衛門は茶をすすることをしなかった。

すっかり冷めてしまった茶を、音も立てずにすすった。

船の舳先が動いたらしい。障子戸越しに差し込んでいる陽光が、ゆらり動いた。

「いい話を聞かせてもらった」

鬼右衛門のつぶやきは正味の想いを漏らしたものだった。

鬼右衛門の言いつけで、三十人乗りの屋形船は飛び切りゆるい船足で神田川を下り続けていた。

十一

水道橋から柳原の土手辺りまでは、川を行き交う船の数も限られていた。が、柳橋が近くなるにつれて、川面が混み合い始めた。

「でけえ図体をしてるのによう、なんてえのろまな走り方をしやがるんでえ」

「弁慶丸てえ名が泣くぜ」

のろい船足に苛立った他の船から、罵声が飛んできた。遠慮のない怒鳴り声は、客間に座した鬼右衛門とすずよにも聞こえた。

しかしふたりとも顔色ひとつ変えず、落ち着いた表情で向き合っていた。

両手を膝に置き、背筋を伸ばした鬼右衛門は、すずよを正面から見詰めた。

「あんたの在所は、深川ではないと思うのだが……？」

と問いつつも、調べはついていた。すずよは素直に答え始めた。

「両親が大水で死んだあと、わたしは千住を離れて三ノ輪村に出ました」

来し方を問われたわけではなかった。それなのにすずよは自分から鬼右衛門に話し始めていた。

正面から自分を見詰める鬼右衛門の目に、慈愛の光を感じたからだ。

「まだ暗い七ツ（午前四時）起きで、夜は翌朝に使う薪割りを済ませないと寝かせてもらえませんでした」

月明かりだけの暗がりで、丸太の薪割りが就寝前の仕事だった。

十一で両親と死に別れたあと、空腹をいやせる場所と思い込んで、一膳飯屋に雇ってくれと頼み込んだのだ。

「つらい日々が続きましたが、まれに出会えた優しいひとに助けられたことで、いまのわたしがあります」

数少ないそれらのひとたちは、いま自分を見詰めている鬼右衛門と同じで、包み込むような光を両目に宿していた。

＊

三ノ輪村から逃げ出したのは、仕事がきついからではなかった。

働き始めて一年半が過ぎた十二の秋に、初潮を迎えた。

四十過ぎの、いつもこめかみに膏薬を貼り付けていたあるじの女房が、獲物を値踏みするかのような目を見せた。

あたいは飯盛り女（女郎）に売られる！

本能に背中を押されて、その夜のうちに一膳飯屋から逃げ出した。

荒川伝いに二日間、歩き続けた。給金は一文も貰えず仕舞いだった。客がくれた心付けが、百文緡《さし》二本まで貯まっていた。

小名木《おなぎ》川の河口近くで、賄い婦を求めている飯場に出くわした。それまで働いていた年配の女おくめが、胃ノ腑をわずらって寝込んだのだ。

すずよは自分から願い出て、賄いに雇ってもらった。寝たきりのおくめを、飯場は放り出さずに世話をするという。

その話を聞いたことで、雇ってほしいと思ったのだ。小名木川の浚渫《しゆんせつ》作事のための飯場で、小屋の造りもしっかりしていた。

しかし働き始めて二年後の夏、大水で小屋は根こそぎ暴れ水にさらわれた。

身の回りの数少ない品すら、すずよは持ち出せなかった。在所で両親を失ったのも大水である。

水が引いたあとで、すずよは飯場を離れた。おくめが水にさらわれたのも、飯場から離れる大きなきっかけとなった。

小名木川が暴れたことで、深川のあちこちに改修作事の飯場が出来ていた。川から離れた場所の飯場に住み込み、一年が過ぎたときに塩平と出会った。

十一で死に別れた父親に似た、月代の青さに強く惹かれたのだ。

「深川で所帯を構えようぜ」

裏店の借り賃は、塩平の蓄えで足りた。飯場の差配にふたりでわけを話したら、裏店を借りる後見人に立ってくれることになった。

「生涯一緒だぜ」

塩平に見詰められたとき、すずよは身体の奥底から湧きあがる熱いものを感じていた。所帯を構えたあとも、塩平は通いの職人で毎日働きに出た。様子が激変したのは、赤子を授かったあとである。

「こうまで毎晩泣かれたんじゃぁ、眠れなくて仕事をしくじっちまうぜ」

赤ん坊が育っておとなしくなるまで、仕事仲間の宿で暮らすと言い置き、塩平は裏店から出て行った。

給金日の旬日ごとに、暮らしの費えと店賃を届けにきた。そして慌ただしくすずよと閨を共にして、さっさと出て行った。

裏店を出て二カ月を過ぎると、塩平は宿に帰ってこなくなった。三カ月を過ぎたら賭場の若い者が宿の腰高障子戸を蹴破った。

「蓄えをあるだけ出しやがれ！」

裏店の住人たちが遠巻きにするなかで、連中はすずよの着替えまでむしり取って木戸から出て行った。

月が替わった日に、長屋の女房が耳にしたうわさをすずよに聞かせた。

「簀巻きにされて大川に投げ込まれたという話だよ」

その女房はすずよを思い切らせようとしてうわさを聞かせたのだ。が、すずよはひどく落ち込み、ついには乳飲み子を失う羽目になった。

こども時分から、すずよは幾多の苦境を自力で乗り越えてきた。そのすずよが、乳飲み子を失ったことで生きる望みも気力も失った。床から起きあがることもできなくなった。

長屋の女房連中がすずよの身を案じて尼寺に預ける相談を始めた。そのとき、長屋の差配が江戸屋に口利きをすると言い出した。

「あの女将なら相談に乗ってくれるから」

急ぎ出向き、女将にすずよの来し方を話した。亭主が賭場で始末されて、乳飲み子まで失ったことも余さずに話した。

「今日にも連れていらっしゃい」

女将に強く言われた当日の夕刻、戸板に乗せて江戸屋の勝手口へと運んだ。

「しばらくは食べて寝て、湯につかって養生するのがあなたの仕事ですからね」

天明四年、すずよ十八歳の秋だった。話しかけた女将の目は、すずよを大事に思う慈愛の光に満ちていた。

江戸屋にはひとり娘の玉枝《たまえ》がいた。すずよと同い年で、玉枝も仲居に混じって下働きから身体で学んでいた。

達者になったすずよは板場の手伝いから仕事を始めた。二年後、二十で玉枝は秀弥を襲名し、その年にすずよは仲居に昇進した。

寛政元年九月十六日に棄捐令が発布された。

奉公人たちが江戸屋の先行きに不安を抱いていたさなかである。

棄捐令発布から三日後に、秀弥は先行きに不安を抱いた奉公人全員を広間に集めた。

「たとえ向こう十年間、お客様がひとりもお見えにならずとも、江戸屋はびくとも揺らぐものではありません」

あなた方の暮らしには江戸屋が責めを負いますと、まだ二十三歳の秀弥が確かな口調で請け合った。

満月を過ぎていたが、まだ丸みの残っている月が、江戸屋の庭を照らす夜だった。

秀弥はすずよをことさらに信頼していた。

寛政二年二月に、仲居頭の心得を持つようにと命じた。二年後の寛政四年二月に、すずよは仲居頭に就いた。

その日は大女将の祥月命日だった。

＊

「わたしが今日こうして生きていられるのも、江戸屋様のおかげです」

話し終えたすずよは、心底の口調で江戸屋を様づけで呼んだ。それを聞いただけで、鬼右衛門はすずよが抱いた江戸屋への恩義の厚みを察していた。

弁慶丸は大川に出ていた。川幅が広がり、船の揺れも収まっていた。

「聞いているわたしが、息苦しくなるほどの厳しい来し方だったようだが」

鬼右衛門は膝に載せた両手を突っ張るようにして、背筋を伸ばした。

「あんたがここまで生きてきた極意はなにかを、ぜひ聞かせてくれないか」

鬼右衛門が本気で聞きたがっていると、すずよは察した。

「極意かどうかは分かりませんが、大事にしていることがあります」

すずよも背筋をビシッと伸ばした。

「見ぬもの清し、ということです」

鬼右衛門を見詰めたまま、これを言った。

「ひとはなににによらず、突き当たりまで知りたがります。なんでもないよと言われても本気にせず、ほのめかしやらうわさの類いを信じたがります」

その挙げ句に、まこととはかけ離れたことをやっぱりそうだったのかと思い込んでしまったりするものです……すずよの物言いは気負いがないだけに、鬼右衛門は素直な気持ちで聞くことができた。

「知らなくてもいいことなんて、幾らでもあります」

すずよはわずかに語調を強めた。

「わたしがとことん、まさに突き当たりまでわかっていなければならないことは、江戸屋様の大女将に拾っていただいたことと、あの子をこの腕の中に抱いていたことの二つ限りです」

他人よりも早く、より多くの事柄を把握することに、鬼右衛門は突進していた。そのためには、費えを厭わなかった。

物事の表裏を知れば知るほど、ひとの汚れを目の当たりにした。漂う腐臭を嗅ぐたびに、ひどい吐き気を覚えてきた。

そうやってつぶさに知ることで、勝負では連勝を続けてこられたのだが……。

とことん、突き当たりまでわかっていなければならないことは……すずよの言葉が鬼右衛門の脳天に突き刺さっていた。

知らなくてもいいことが、浮き世には幾らでもある。

おのれにとって、わかっていなければならないこととは、いったい何なのか？

他人に先んずることばかりに気を払ってきた生き方が、脳裏を走り回っていた。

深呼吸をして気を落ち着かせた。

「すずよさん」

呼びかけた声も、鬼右衛門とも思えないほどに緩んでいた。

「はい……」

すずよは戸惑い顔で応えた。

「江戸屋のための願掛け参りは、大きな成就をもたらしたようですな」

「えっ？」

両目を見開いたすずよを見る鬼右衛門は、初めて脇息に上体を預けてくつろいでいた。

十二

蓬莱橋南詰め、柳の古木の枝がたれている場所には、去年（寛政五年）の秋から汁粉屋が商いを始めていた。喜八郎配下の担ぎ売り、源助が始めた汁粉屋である。

店と言っても五坪の空き地に建てた、葦簀《よしず》張りの掘っ立て小屋だ。

そんな店でも繁盛しているのは、担ぎ売り時代からの馴染み客が山ほどいたからだ。

店の正面は、蓬莱橋桟橋につながる石段である。深川各所に向かう仕立て舟や猪牙舟が横付けできる桟橋は、地元の住民に重宝がられていた。

汁粉屋を営むかたわら、桟橋を行き交う連中を見張るには絶好の場所だった。

ゴオオーーーン……。

永代寺の響きのいい鐘が八ツ（午後二時）を告げ始めたとき、喜八郎は汁粉屋の腰掛けに座していた。

鬼右衛門が蓬莱橋桟橋に降り立つのを、ここで待っていたのだ。

すずよの後を追っていた彦六は、水道橋でまんまと裏をかかれた。しくじりはおかしたが直ちに手立てを講じて、喜八郎に報せた。

＊

午後の柔らかな陽が大横川に降り注いでいる。眩く光る川面を見ながら、喜八郎は鬼右衛門が舟から降り立つのを見ていた。

蓬萊橋南詰めの河岸には、三間（約五・四メートル）間隔で柳の古木が植えられている。宗匠頭巾をかぶった鬼右衛門は、垂れ下がった柳の枝へ感慨深げに触れていた。

十間先で柳に触れている男は、土地の者ではない……判じた喜八郎は、汁粉屋の腰掛けから立ち上がった。

喜八郎は仕立て下ろしの結城を着ていた。焦げ茶色の千筋縦縞で、遠目には無地に見える上物である。

初対面に備えた身なりだった。

歩き始めた喜八郎に、宗匠頭巾の男も柳から目を離してこちらを見た。

「江戸で一番の汁粉が出来上がっています」

そこの腰掛けで一緒にいかがでしょうかと、鬼右衛門を誘った。

「いただきましょう」

上背は喜八郎が三寸ほど高かった。

西空に移り始めた天道は、河岸の道にふたりの影を描き出していた。来客に気遣ったわけでもないだろうが、影は同じ長さで重なり合っていた。

杉の腰掛けには汁粉屋の源助が座布団を二枚用意していた。格子柄の隅には、餅搗《つ》きをするウサギが描かれていた。

先に番茶を供してから、源助自慢の汁粉が振る舞われた。杉をくり抜いた小鉢には、塩昆布の千切りが収まっていた。

「美味い」

鬼右衛門は正味の物言いで汁粉を褒めた。

「遠い昔によく食べていた、登六爺さんの美味さに生き写しのようだ」

下がろうとしていた源助の足が止まった。

「登六さんは、あっしの師匠でして」

味が生き写しと言われたのは、一番の褒め言葉ですと喜び、あとは黙して下がった。

源助もまた、こどもの客が多いらしい。食べるときにつけた疵《きず》が、杉椀のあちこちに残っていた。

しかし登六から仕込まれた味は、遠い昔に舌で覚えた福太郎の味憶とまったく同じだ。

汁粉を食べ終えたときの鬼右衛門は、秀弥を思った。

「あんたが見抜いた通り、江戸屋の道具三品を疵物にして、深川への……」

言葉を区切ると喜八郎を見詰めた。

「安売り市場を土地ぐるみで潰した深川への意趣返しを、つい先頃まで企んでいた」

あの企てを潰した旗振りはあんただろうと、鬼右衛門は目で言い切っていた。

「それにつけても」

目から光を引っ込めて、口調も変えた。

「江戸屋の女将の肝の据わり方は尋常なものではない」

意外なことに鬼右衛門は、目元をゆるめて喜八郎を見た。

「形あるものは、いつかは壊れる。しかし背骨に通した信念は、灰に返ったのちも失せるものではない」

たとえ道具を疵物にされたとしても、疵がつくのは道具だけ。

お客様に本物を愛でてもらうという江戸屋の信念には、いささかの疵もつかない。

鬼右衛門は身体の向きを変えて、喜八郎と向き合った。

「一代限りの同心職を辞してまでも、あんたが守ろうとしたもの（北町奉行所）もまた、信念だったはずだ」

鬼右衛門はこれを告げて腰掛けから立ち上がった。

信念の尊さをなによりも大事に思える男だと呑み込んで、喜八郎も立った。

「わたしは深川に恨みを抱いていた。来し方の内から、この土地を消し去ろうともした」

八ツ下がりの陽を浴びて、川面がキラキラと輝いている。その大横川を見ながら、鬼右衛門は話を続けた。

「ところがこんなわたしを……いまでは住む家すらこの土地にはない者をも、河畔の柳は待っていてくれた」

いつまでも待っていてくれて、いつでも受け入れてくれるのが故郷だ……これこそがわかっているべき大事だと、すずよが気づかせてくれた。

それでいいのだと、川面が身を輝かせて教えてくれた。

「身もこころも模様替えをして、江戸屋の宴席に臨ませてもらう」

鬼右衛門は小島屋の方角に目を向けた。

「あんたの口から、善三郎にひとこと伝えてもらいたいのだが」

「なんなりと申しつけてください」

喜八郎は背筋を伸ばして、鬼右衛門の言葉を待った。仇敵であったはずの男に、親しさすら覚えているような表情だった。

「じゃあ、またな」

ひとことを邪気のない笑顔で伝えた鬼右衛門は、きびすを返して桟橋に向かって歩き始めた。

宗匠頭巾姿の男を抱きしめるかのように、垂れた柳の枝がもつれ寄っていた。

解説

大矢博子

棄捐令で先の見えない不景気の中にあった寛政年間の江戸を舞台に、経済ドラマと人間模様を描いた「損料屋喜八郎始末控え」シリーズ九年ぶりの第四弾である。表の顔は損料屋、実は元武士の喜八郎が、その知恵で札差や商人たちと渡り合い、詐欺を防いだり問題を解決したりの人気シリーズだ。

山本一力は一九九七年に短編「蒼龍」でオール讀物新人賞を受賞し、プロの道に入った。そして二〇〇〇年に初めての単行本を上梓する。それが『損料屋喜八郎始末控え』だ。つまり本作は著者のデビューから続くシリーズなのである。著者にとっても、そしてデビュー以来の読者にとっても出発点であり、二十年間伴走し続けている背骨のような作品と言っていい。

久しぶりなのでまずはシリーズの概略から紹介しておこう。

田沼意次が失脚し、松平定信による寛政の改革が断行された時代の江戸、深川が舞台である。改革の一環に、旗本や御家人の困窮を救うため、幕府は棄捐令を発令する。これは武士が札差に負っていた借金（俸給が米で支払われる武士は、米を札差に売って現金化する。多くの武士は将来払われる見込みの米を担保に現金を借りていた）を棒引きにするというものだ。このため札差は総額で実に一一八万両を超える損害を受けた。最初は武士たちも喜んでいたが、すぐに状況が変わる。札差が強烈な貸し渋りを始めたからだ。結果、市中に金が回らず、江戸の景気は大きく冷え込んでいく。金が動かないことで景気が悪くなる様子は、今の日本にそのまま当てはまる。特にコロナ禍で倒産や事業縮小が相次ぐ二〇二〇年現在、「経済が回る」ことの重要性を身に染みて感じている人が多いだろう。今シリーズを読み返すと、寛政の人々の閉塞感や苦労がまるで我がことのように感じられる。

主人公の喜八郎は、ある事情から武士の身分を捨てて損料屋（生活用品を貸し出すレンタル業）として再出発することになった人物である。だがそれは表向き。詳細は第一作をお読みいただきたいが、実際は恩のある札差の二代目を陰から支えるのが彼の役目だった——というのが本シリーズのスタート地点だ。そこから深川全体にわたる商売がらみの厄介ごとを陰にひなたに解決するようになる。

とにかくこの喜八郎がカッコイイ。頭の切れる渋い二枚目。常にクールで、思慮深い。その一方で剣の腕は抜群。かといって決して一匹狼ではなく、配下たちや町の人からの信頼も厚い。そして何より、悪徳商人を相手にしたときのキレッキレの策略と倍返しの痛快な逆転劇！　私は心中ひそかに「江戸の半沢直樹」と呼んでいる。いや、書かれたのは喜八郎の方が先なんだけども。

さて、ようやく本書である。シリーズ四冊目の本書は寛政五（一七九三）年の物語。もう不景気が当たり前になってしまった江戸で、庶民たちは逞しく生きている。

基本的に本シリーズは連作短編形式だ。第一話「うしお汁」では、損料屋の向かいに店を構える質屋の小島屋が喜八郎に店を譲りたいと相談を持ちかける。息子の与一朗がどうにも頼りなく、店を任せられないというのだが……。

第二話「つけのぼせ」は、両替商・近江屋の三番番頭、以蔵の物語。故郷の兄から、母親が病気なので顔を見せてやってほしいと手紙が来る。だが近江屋は奉公人の休みには厳しい決まりがあった。母への思いと仕事の責任に引き裂かれ……。

この「つけのぼせ」が実にいい。短編単体として見ると、これまでのシリーズ四冊の中でも上位に入るのではないだろうか。これに喜八郎がどう関わるのかは読んでのお楽しみだが、終盤、私は何度も目頭が熱くなった。

そして第三話「仲町のおぼろ月」からが本書のメインイベントだ。深川の広大な旧火除地で作事（建設工事）が始まった。材料や道具、人足の食事や生活用品に至るまで商売のチャンスと張り切る深川の商人たち。ところが作事関係の品物はすべて外部から届けられ、深川には一切金が落ちないあたりから雲行きがおかしくなる。

やがてこの作事が巨大安売り市場のためと判明。完成したら地元の店が打撃を受けるのみならず、そこで買い物をすれば馴染みの店を裏切ることにもなり、人の繫がりまで危うくなってしまう。喜八郎は地元の人々と協力し、対抗策を考えるが……。

第四話以降、巨大安売り市場を仕掛ける妻籠屋の思惑が語られ、そして第一話・二話の登場人物ともつながって、事態は深川vs.妻籠屋の様相を呈していく。果たして喜八郎たちは妻籠屋の策略に勝てるのか。

不景気の中、安く物が買えるならありがたい。けれどそれで古くからの店が倒れ、町が壊れていく。まさに現代日本の姿である。それを山本一力は、深川という歴史ある地縁の濃い町に仮託した。地元を愛する気持ち、同じ町で暮らす人々との縁を大事にする気持ちが、利益優先の大手企業に立ち向かう様には背筋が伸びるとともに、実に痛快だ。

喜八郎たちの作戦は、決して奇を衒ったものではない。むしろ商売と地域の基本に立ち返ったものと言っていい。ここで紹介したい記事がある。「オール讀物」二〇一三年一月号に掲載された宇江佐真理さんとの対談だ。やや長いが、一部を引用する。

山本　江戸時代の大店の主の見識の一つに、ご町内の同業者をつぶさないというものがあった。これは大店にとっての鉄則だよ。自分がいくら金を持っているからって、小商人の食い扶持を奪うようなことはやっちゃいかんと。

宇江佐　安売り競争になったら、小さい店はひとたまりもないですからね。

山本　ご町内を大事にする精神が日本ではなくなってしまったんだよなあ。でもね、何とこの精神がニューヨークに残っているんだ。

このあとで著者は、ニューヨークでは同じブロックの中に同業の店が複数あり、客は価格ではなく「自分が好きな店で買う」という文化を紹介する。

宇江佐　うわあ、いい街だなあ。今は都市が荒廃しているでしょう。郊外の量販店だけが潤う仕組みになっているのは健全じゃない。

山本　あれは消費者が相手にしなかったら成り立つはずがない。安売りはどうぞ勝手にやってください、俺は地元の店で買うよ、とみんなが思えば小商人の商売も傾かないよ。（中略）町内の店を大事にするというのは、何も江戸時代まで遡らなくても、俺たちが子供の時分は普通のことだった。町内の文房具店にないものをデパートで買ったとするだろう。そうしたら町内の文房具屋の前では、その品物を隠して歩いたもんだよ。ご町内のお店に申し訳ないって気持ちでさ。

時代が移りゆく中で、便利になるのはもちろんいい。不便な時代に戻れということではない。けれどその中でも、忘れてはいけないもの、なくしてはいけないものがある。山本一力は、それをこの物語に込めたのだ。それこそが時代小説というジャンルが私たちに伝えてくれる最も大きな贈り物だろう。

ここで注目願いたいのは、地縁、地域のつながりというテーマは決して本書だけのものではない、ということだ。むしろ第一作の『損料屋喜八郎始末控え』から、著者がずっと物語の通奏低音として描き続けていたものである。頭脳戦の面白さが前面に出ているが、実はその背景には、常に「ご町内」があった。

何かあれば助け合い、町内あげて祭を盛り上げるような、つながりの強い住民たちの姿を山本一力はこれまで地道に描き続けてきた。だからこそ、本書の巨大安売り市場への対抗策に説得力がでる。独立した短編に見えた第一話・二話があとで効いてくるように、本書の深川の人々の描写はこれまでのシリーズ三作の積み重ねがあってこそなのだ。

シリーズ第一作は悪徳（実はそうでもないのだが）の札差と喜八郎の頭脳戦を堪能できる一級品の江戸経済サスペンスだったが、二作目以降、詐欺などのミステリ風味はそのままに、人間ドラマ・地域ドラマの比率が増してきた。そこには、数字ではなく人々の日々の営みこそが経済なのだという著者の思いが見てとれる。

長い不況にあえぐ今だからこそ読みたいシリーズである。

（書評家）

文春文庫

牛《うし》天《てん》神《じん》
損料《そんりよう》屋《や》喜《き》八郎《はちろう》始《し》末《まつ》控《ひか》え

定価はカバーに
表示してあります

2020年10月10日　第1刷

著　者　山《やま》本《もと》一《いち》力《りき》
発行者　花田朋子
発行所　株式会社 文藝春秋

東京都千代田区紀尾井町 3-23　〒102-8008
TEL　03・3265・1211㈹
文藝春秋ホームページ　http://www.bunshun.co.jp

落丁、乱丁本は、お手数ですが小社製作部宛お送り下さい。送料小社負担でお取替致します。

印刷・凸版印刷　製本・加藤製本
Printed in Japan
ISBN978-4-16-791572-8